朵貝・楊笙經典童話 6

MOOMIN

姆米谷的小寓言

Det osynliga barnet

朵貝・楊笙｜Tove Jansson
李斯毅 譯

目次

登場人物介紹

姆米托魯
Moomintroll

姆米故事的主角，對任何事物都充滿好奇心。姆米托魯喜歡在大海游泳、蒐集貝殼，以及和朋友到未知的地方探險。

姆米媽媽
Moominmamma

溫柔又慈祥的母親，是姆米一家的中心。對於所有造訪姆米家的客人都溫暖的迎接他們。

姆米爸爸
Moominpappa

姆米家的父親，喜好哲學思想。雖然嚮往著獨自流浪，但是對姆米爸爸而言，保護家人是他最重大的責任。

司那夫金
Snufkin

姆米托魯的好朋友，到處旅行、釣魚、吹口琴。當冬季來臨時，司那夫金就會離開姆米谷，前往南方流浪。

米妮
Little My

姆米一家收養的孩子。米妮頑皮搗蛋，喜愛災禍與惡作劇，但也總是最能夠洞悉事情真相。

菲力強克夫人
The Fillyjonk

獨自一個人住在大屋子裡，興趣是清洗衣服和大掃除。成天擔心著大災難的來臨。

亨姆廉先生

The Hemulen

和其他開朗又忙碌的亨姆廉不同，亨姆廉先生喜歡一個人獨處，夢想是能從遊樂園的剪票工作退休。

尼尼

Ninny

暫時居住在姆米家的女孩。尼尼在前一個家庭裡總是被責罵，因此失去了自信，整個人都變成一片透明。

溜溜

The Hattifatteners

全身白色、長滿觸手的生物，喜歡暴風雷雨。溜溜不會說話也聽不懂別人的話，但是溜溜彼此之間似乎能夠以電流溝通。

NW
NO
W
Õ
SW
S
SO
溜溜之島
寂寞山
小山丘
沙灘
紫丁香叢
柴房
茉莉花叢
菸草田
姆米家
一樓
陽台
客廳
亨姆廉的房間
麝香鼠的房間
托夫斯藍和碧芙斯藍的房間
廚房
儲藏室
浴室
二樓
姆米媽媽的房間
姆米爸爸的房間
雜物間
史尼夫的房間
司那夫金和姆米托魯的房間
司諾克的房間
客房
姆米谷地圖
Tove

第一章

春天之歌

四月底一個平靜無雲的黃昏，司那夫金來到遙遠的北方，遠眺北邊山坡上殘留的白雪。

司那夫金已經走了整天的路，他行經無人的幽靜山谷，一路聆聽著鳥兒的鳴唱。鳥兒也正要離開南方的家園，飛往北方。

這段路程對司那夫金來說並不辛苦，因為他的背包裡幾乎空無一物，內心也無憂無慮。森林、天氣和他自己都讓他愉悅不已。昨天已經遠去，明天遙不可知，此刻金紅色的陽光從樹梢灑落，微風沁涼而溫柔。

「真是個適合寫歌的黃昏。」司那夫金心想：「一首全新的曲子。第一段是對春天的嚮往，接下來的兩段闡述春天帶來的感傷，最後以獨自走過原野的愉悅心情作結。」

這首曲子在司那夫金腦中已經醞釀了好幾天，但是他還不敢貿然完成。司那夫金在等待快樂的時機，到時候他只需將嘴唇貼上口琴，所有音符就會自然傾瀉，譜成動人的旋律。

如果太急著寫出這首歌，旋律可能會在中途打結，或者原本的想法突然消失不見，將來再也找不到能夠完成這首曲子的好心情。寫歌可不能隨便，特別是當你準備譜寫一首既歡樂又悲傷的歌曲時。

而此刻美好的黃昏非常適合完成他腦中的歌曲，一切都準備就緒，就等他吹奏出完整的旋律。這將會成為他至今最棒的作品。

當他返回姆米谷的時候，就可以坐在棧橋的扶手上演奏新歌。姆米托魯聽了之後一定會馬上讚美：「這是一首好歌，非常出色的好歌！」

司那夫金突然停下腳步，不安了起來。沒錯，姆米托魯總是在期待。姆米托魯會坐在家裡等著司那夫金、讚美他的一切，還經常對他說：「你當然需要自由，你想離開這個地方是相當自然的決定。我明白你需要獨處的心情。」

然而，姆米托魯的眼睛卻因為哀傷而黯淡無光，誰也沒辦法讓他打起精神。

「唉，真是的！」司那夫金忍不住喃喃自語，又繼續往前走去。

「唉，真是的！姆米托魯太多愁善感了。我不應該再想到他。雖然他是個好姆米，可是我現在不應該再想起他。今晚我要全心全意想著我的新歌，今天的事今天優先，明天的事明天再說。」

過了一會兒，司那夫金已經將姆米托魯完全拋諸腦後。他尋找適當的露營地點時，聽見遠處傳來小溪的流水聲，於是馬上朝著聲音走去。

夕陽的最後一道紅霞消失在白樺樹林間，春天的黃昏已經降臨，天空慢慢變藍，白樺樹的白色樹幹在藍色的薄霧中逐漸模糊、隱沒。

小溪旁邊是個不錯的紮營地點。

溪水清澈得可以一眼看見去年沉在溪底的棕色樹葉，在兩岸的殘冰之間，溪水潺潺流過大片青苔，再匯成小型瀑布，最後落入白色的沙灘。溪流的水聲時而輕如蟲鳴，時而大如洪鐘；有時甚至可以猛然沖掉一大塊融雪，彷彿在得意的狂笑。

司那夫金站在青苔上傾聽水聲，心想：「我要把小溪的聲音放進曲子裡，編成副歌。」

一顆小石頭突然落進水中，讓潺潺溪水聲驟然升高一個音階。

「這聽起來不錯！」司那夫金讚嘆的說：「我也可以在演奏曲子時加入一些變化，我要找出屬於這條小溪的旋律。」

司那夫金拿出他老舊的平底煎鍋，從瀑布取了一點溪水，再走到樅樹林間尋找可充當柴火的樹枝。融雪與雨水讓地面變得非常潮濕，司那夫金必須鑽到被風吹彎的樹木下方，才能夠找到比較乾燥的枝條。突然間，有人發出一聲刺耳的尖叫，快速衝過司那夫金身邊，一路狂喊跑進樅樹林裡。

「噢，對了。」司那夫金自言自語：「樹林裡有許多詭異的小傢伙，他們總是緊張兮兮，真有趣，身材越嬌小的越是神經質！」

他找到一段乾燥的樹幹和幾根枯樹枝，回到小溪旁生起營火。司那夫金習慣自己下廚，而且只要能夠避免，他絕不替其他人煮飯，他也不喜歡和別人一起用餐，因為很多人都喜歡一面聊天一面吃飯。

除此之外，人們喜歡坐在椅子上，就著餐桌用餐，還有人會使用餐巾。司那夫金還聽說某個亨姆廉家族的成員在吃飯前會先換衣服，但他猜想那可能只是謠言。

司那夫金望著白樺樹林旁的青苔，心不在焉的喝湯。

他心裡的曲子就快要完成了，他甚至能輕易想出歌曲的收尾。但時間還很多，一點都不用急，反正他已經掌握住這首歌了，旋律不可能溜走。現在，他最好還是先洗盤子，再抽根菸斗。等到營火燒得更旺，夜間動物也開始發出鳴叫聲時，再來完成它。

司那夫金來到溪邊清洗平底煎鍋，突然發現一個奇怪的小傢伙，遠遠坐在小溪對岸的大樹下，目不轉睛的望著司那夫金。小傢伙雖然看起來有點害怕，但又顯得興致勃勃，好奇的觀察司那夫金的一舉一動。

小傢伙有一頭蓬鬆的亂髮和兩顆害羞的眼睛，外型看起來不太起眼。

司那夫金假裝沒看見對方，繼續做著自己的事。他在營火中添了一些木柴，用幾根樅樹枝堆成座墊。他坐下後便拿出菸斗點燃，仰頭對著夜空吐出幾朵煙圈，等待腦中的春天之歌成形。

但是他的靈感不知道跑到哪去了，反而是坐在對岸的小傢伙一直盯著他看。小傢伙以充滿崇拜的眼神看著他的每個舉動，這讓司那夫金開始煩躁。司那夫金用雙手拱成筒狀，朝著小傢伙大喊：「噓！不要再盯著我看了！」

小傢伙聽見司那夫金的叫喊聲，從樹底下爬了出來，但是仍留在小溪對岸。他害羞的對司那夫金說：「希望我剛才沒有嚇到你。我知道你是誰，你是司那夫金。」

他說完後走進水中，準備涉水過溪。但這條溪對小傢伙而言實在太寬了，再加上溪水十分冰冷，害得他在水中跌倒了好幾次。然而司那夫金還處於焦躁不安的情緒中，並沒有出手相助。

瘦巴巴又可憐兮兮的小傢伙最後爬上岸了。他冷得牙齒不停打顫，以發抖的聲音對司那夫金說：「你好！真高興能夠見到你！」

「你好。」司那夫金淡淡的回答。

「我可以在你的營火旁取暖嗎？」小傢伙問司

那夫金，濕答答的臉上綻放出幸福的喜悅，「真沒想到，我是第一個有幸坐在司那夫金營火旁的人！我一輩子都不會忘記這件事！」

他挨近司那夫金身邊，一隻手放在司那夫金的背包上，態度莊嚴的輕問：「你的口琴就放在這裡面嗎？你今天也帶著它嗎？」

「沒錯。」司那夫金感到惱怒。春天之歌的靈感與孤獨都消逝無蹤，一切都不一樣了。司那夫金緊咬著菸斗，兩眼望向白樺樹林，但其實沒有真的在看。

「如果你想吹奏口琴的話，請不必在意我。」小傢伙天真的對司那夫金說：「你不知道我有多麼渴望聽你吹奏口琴。雖然我以前沒有機會欣賞，但是我聽過許多與你有關的故事，無論是豪豬、托夫特，或是我媽媽，他們全都告訴過我你的事情……托夫特說他見過你一次。我說的這些都是真的！你一定想不到，能見到你是一件了不起的大事……我們這裡沒什麼好玩的……只能在夢裡不斷幻想著各種情節……」

「呃，你叫什麼名字？」司那夫金問。他知道自己今晚無法完成那首歌曲了，決定悠閒的和小傢伙聊聊天。

「我太微不足道了，根本沒有名字。」他回答：「事實上，從來沒有人問過我的名字。直到我遇見了你，我聽過太多你的傳聞，一直很想見你一面，沒想到你問我的第一個問題，竟然是想知道我的名字！你認為……或許你能夠……我的意思是，如果請你替我想一個名字，會不會太麻煩你？你可以幫我取一個獨一無二、沒有其他人使用過的名字嗎？就是現在，可以嗎？」

司那夫金碎念了幾句，拉低帽緣遮住眼睛。一隻在夜晚活動的鳥兒張開了長長的翅膀飛過溪面，在樹林間發出悠長的哀鳴：唷——嗚，唷——嗚，啼——嗚……

「如果你太崇拜別人的話，這輩子將無法享有真正的自由。」司那夫金對他說：「我非常清楚這一點。」

「我知道你通曉任何事！」小傢伙慢慢靠近司那夫金，「我知道你見多識廣，說的每件事都是正確的。我一直希望自己也能像你一樣自由自在……你現在是不是正準備趕著回姆米谷休息，和朋友相聚呢？豪豬告訴我，你的好友姆米托魯從冬眠醒來之後，就一直等著你回姆米谷去！有人如此仰慕你、渴望與你重聚，這種感覺一定很棒

吧？」

「我想回姆米谷的時候就會回去！」司那夫金不客氣的表示：「也許我根本不打算回去！也許我打算前往其他地方！」

「這麼一來，姆米托魯不就大失所望了嗎？」小傢伙說。

小傢伙的毛髮慢慢變乾變柔，回復成原本的棕色。他又摸摸司那夫金的背包，怯生生的問：「既然你去過那麼多地方……不知道你願不願意……」

「不願意！」司那夫金表示。他生氣的想：為什麼大家老是要詢問他旅行的種種經歷呢？我想說的時候就會分享，難道他們不知道嗎？旅途中發生的事情都已經過去了，當我試著回想整趟旅行的全貌時，我記得的只有自己的故事。

司那夫金和小傢伙之間陷入長長的沉默，剛才夜啼的鳥兒再次發出鳴叫。

小傢伙站起身來，小聲的說：「嗯，我想我該離開了！再見！」

「再見。」司那夫金有些心浮氣躁的回應：「聽著，你剛才希望我替你取一個名字，你覺得『啼啼嗚』這個名字如何？啼啼嗚，這個名字的開頭很輕盈，結尾則帶點哀傷。」

小傢伙睜大了他那雙被營火映照成黃色的眼睛，驚訝的盯著司那夫金看。他仔細思考著這個名字，品味著它呈現的感覺，傾聽它的讀音，彷彿整個人都沉浸在啼啼嗚這個名字之中。最後，他才抬起頭仰望天空，輕柔的呼喊自己的新名字，聲音既感傷又狂喜，連一旁的司那夫金都覺得背脊滑過一陣涼意。

小傢伙棕色的尾巴隨即消失在草叢裡，四周恢復一片寂靜。

「天啊！」司那夫金邊說邊踢營火的餘燼。他敲敲菸斗，站起身子大喊：「嘿！你別走啊！」

但是森林裡鴉雀無聲。「好吧，這樣也好。」司那夫金心想：「反正你也無法一天到晚都對別人客客氣氣，那是不可能的，因為沒有那麼多的時間可以浪費。至少，那個小傢伙有了屬於自己的名字。」

司那夫金再次坐下，聆聽小溪的呢喃與周遭的靜謐，默默等待著腦中的歌曲重新現身。不過，歌曲並沒有出現。司那夫金明白，它已經飄得太遠，再也找不回來了。但或許他從來不曾真正掌握那首歌曲。此刻他耳中所聽、心中所想，全都是剛才小傢伙害羞且喋喋不休的話語，一直一直一直說個不停。

「那個傢伙為什麼不留在家裡陪伴父母呢？」司那夫金憤憤的咕噥了一句，仰躺在樅樹樹枝鋪成的床上準備睡覺。但是他才躺了一會兒就坐起身子，又呼喊了一次。他豎著耳朵仔細傾聽，最後將帽子拉到鼻尖處，沉沉進入夢鄉。

*

第二天清晨，司那夫金繼續往前走。他疲累不已，無心瀏覽周圍的風景，蹣跚的朝著北方前進，帽子底下的旋律也早就溜得一乾二淨。

司那夫金滿腦子都想著小傢伙的事。他記得小傢伙當時說過的，以及他對小傢伙所說的每一句話。司那夫金不斷重複反芻那些話語，直到他情緒相當低落，不得不坐下來休息片刻。

「我究竟是怎麼了？」司那夫金感到有點生氣也有點困惑，「以前我從來沒有這樣過，肯定是生病了。」

他站起來繼續前進時，小傢伙說過的每句話和他的每個回答，此刻又全部清楚浮現在腦海中。

司那夫金最後停下腳步。到了下午，他開始轉身往回走。走著走著，司那夫金的心情才又逐漸開朗起來。他加快了步伐，甚至小跑步起來。這時他腦子裡再度出現許多優美的旋律，但是他沒有時間牢記。接近黃昏的時候，司那夫金回到了之前那座白樺樹林，開始高聲呼喊。

「啼啼嗚！」司那夫金喊道：「啼啼嗚！」只有夜間活動的鳥兒回應司那夫金，以一種聽起來像是「啼嗚、啼嗚」的聲音叫著，但是完全沒有聽見小傢伙的回答。

司那夫金在樹林中四處尋找，口中不停的高聲呼喚，並仔細聆聽。黑幕降臨，新月從樹林間的空地高高升起。司那夫金凝望著月亮，感到相當失落。

「現在是新月。」司那夫金心想：「我來許個願吧！」

他原本想像平常一樣，許下「希望能擁有創作新歌靈感」，或是他偶爾會許的「希望能前往新地方旅行」的願望。但是他匆促更正了念頭，大聲說：「讓我找到啼嗚吧！」

他在原地轉了三圈，穿過空曠的草地，走進樹林，再爬上小山丘。樹叢間突然發出沙沙聲，一個棕色的毛傢伙出現了。

「啼啼嗚！」司那夫金輕聲叫住他：「我特別回來這裡找你，想和你聊一聊。」

「噢，你好！」啼啼嗚從草叢中探出頭，「那真是太好了，我正好有個東西想讓你看看。瞧，這是我的名牌，上面寫著我的名字。等我擁有一個屬於自己的家，就可以將名牌掛在門前。」

啼啼嗚將一塊寫著自己名字的樹皮展示給司那夫金觀賞，並慎重的說：「這個名牌很棒吧？大家都稱讚不已呢！」

「棒極了！」司那夫金表示：「所以你也打算找一個屬於自己的家嗎？」

「沒錯！」嗬嗬嗚興奮的說：「我已經搬離父母的家，開始過著屬於自己的人生。這種感覺真是太刺激了，你應該懂吧？在擁有名字之前，我只能到處晃來晃去，也許可以感受一下身旁發生的事物，包括好事和壞事，但是那些事情都與我無關，對我而言一點都不真實。你明白我的意思嗎？」

司那夫金正想回答，嗬嗬嗚又繼續說：「但現在我有名字了，我是一個獨立的人，因此身旁的事物開始變得有意義了。這些事物不再只是單純的發生，而是發生在嗬嗬嗚的身上。因此，嗬嗬嗚就可以思考它。我所說的這些，你都能明白吧？」

「當然，我明白！」司那夫金說：「這對你而言真是一件好事。」

嗬嗬嗚點了個頭，又開始在樹叢裡東翻西找。

「你知道嗎？」司那夫金告訴嗬嗬嗚：「我正準備回去拜訪姆米托魯。事實上，我非常想再見到他。」

「這樣嗎？」嘀嘀嗚表示：「你想念姆米托魯？那很好！」

「在我啟程之前，你希望我用口琴吹奏一首曲子給你聽嗎？」司那夫金又接著說：「或是讓我說一些旅行中發生的故事呢？」

嘀嘀嗚從樹叢中探出頭來：「你在旅行中發生的故事？嗯，好啊！不過也許等晚一點再說吧！現在不太適合。我正忙著呢，我想你應該不會介意吧？」

嘀嘀嗚一說完，淺棕色的尾巴又迅速隱入草叢中。過了一會兒，他的耳朵從遠處的草叢上方露了出來，司那夫金聽見他喊了一聲：「再見！等你見到姆米托魯的時候，請代我向他問好。我現在要充分運用有限的生命，因為過去的日子裡，我已經浪費太多時間了！」

說完，嘀嘀嗚就遠遠跑開了。

司那夫金搔搔頭，低聲的自言自語：「好的，我明白。」

他躺在草地上伸了個懶腰，凝視春天的夜空。天空是晴朗的深藍色，在樹梢上方的天際則帶點大海般的綠色。他腦子裡的春天之歌又開始慢慢浮現，曲子的第一段先描寫他對春天的嚮往，接下來的兩段再闡述春天帶來的感傷。最後一段，當然是歌頌獨處時莫大的喜悅。

第二章

可怕的故事

在霍姆伯家中排行倒數第二的男孩，正趴在後院的籬笆邊匍匐前進。他不時停下來四處張望，觀察敵人的動靜後才又繼續往前。他弟弟則緊跟在他身後爬著。

他們爬到菜園裡，小霍姆伯將身體貼在地面上，再側身滾到萵苣旁邊。這是他唯一的生機，因為菜園裡到處都是敵軍，還有一些正在空中飛舞著。

「我全身又黑又髒！」小霍姆伯的弟弟說。

「閉嘴！如果你還想保住自己的小命，就別出聲。」小霍姆伯轉過頭對弟弟說：「在紅樹林的沼澤地裡爬行，當然會弄黑身體！難不成你以為會變成藍色嗎？」

「可是這裡是萵苣菜園啊！」小霍姆伯的弟弟回答。

「如果你一定要這麼認真，我猜你不久之後就會變成大人了。」小霍姆伯說：「就像爸爸和媽媽一樣，我想那對你來說可能也不錯！到那個時候，你只能看見或聽見平凡無趣的東西，也就是說，你再也看不見、聽不到任何事物。那時你就完蛋了！」

「噢！」小霍姆伯弟弟應了一聲，開始吃起泥土。

「那個有毒！」小霍姆伯急忙阻止弟弟，「這個國家所有的蔬果都被下毒了。你看，敵軍發現我們了，這都是你的錯。」

兩名敵軍飛越過豌豆，朝著小霍姆伯兄弟直直飛來，但是小霍姆伯一下子就解決了他們。為了緩和興奮的情緒，小霍姆伯滑入壕溝中，像隻青蛙似的靜靜坐著。他太專注於聆聽敵軍動靜，不停的晃動耳朵，腦袋也快要爆炸了。剩下的敵人非常安靜，但隨時都在前進，現在正靜悄悄鑽過草原，朝他們而來……草原非常遼闊，敵軍的數目也多到數不清。

「我不玩了。」小霍姆伯的弟弟突然出現在壕溝旁，「我想回家！」

「你再也沒有機會回家了！」小霍姆伯陰森的說：「你將橫屍在這片大草原上，化為一堆白

骨。爸爸和媽媽會不斷哭泣，被他們自己的眼淚淹死。你的屍骨也會化為烏有，頂多剩下一點肉渣留給土狼。牠們吃乾抹淨後，還會發出滿足的狼嗥！」

小霍姆伯的弟弟張大嘴巴倒抽一口氣，開始嚎啕大哭。

小霍姆伯分析弟弟的哭聲，認為他大概還要哭上好一陣子，於是逕自朝著壕溝前方爬去。他這時已經搞不清楚敵軍位於何處，也忘了敵人長什麼模樣。

他覺得自己被耍了，氣憤的想：「我真希望沒有這個弟弟！他們應該等長大一些再出生，否則乾脆永遠不要出生。他根本不懂戰爭，應該將他關在箱子裡面直到他懂為止！」

壕溝裡因為積水而變得濕答答，小霍姆伯只好站起來涉水而過。壕溝又寬又長，他打算一直往前走，直到發現南極。他走了一天又一天，越來越疲憊。他的食物和飲水都用罄，更糟的是，北極熊還咬傷了他的腿。

終於，小霍姆伯走到壕溝盡頭，他隻身抵達南極。

他站在一片沼澤地的中央。

沼澤地灰灰綠綠的，裡面有許多散發漆黑光亮的小水塘，以及白茫茫的蘆花，讓人彷彿置身於雪鄉。空氣裡飄著一絲絲霉味，但是很好聞。

「這片沼澤地真大，彷彿無邊無際。」小霍姆伯心想：「對我這種小霍姆伯來說簡直看不見盡頭。至於大人呢，則根本不會到這種地方來。只有我一個人知道這裡隱藏著什麼樣的危險！恐怖的幽靈馬車時常出沒，它們又大又重的車輪會行經此地。你可以聽見遠方傳來幽靈馬車的聲音，駕駛座上卻空無一人……」

「不行！太可怕了！」小霍姆伯急忙打斷自己的胡思亂想。他突然覺得又冷又害怕，打從心裡感到恐懼。前一秒鐘，幽靈馬車還不存在、也沒有人聽說過，但經由他的想像，幽靈馬車就真的出現了。馬車正在遙遠的某處等著，只要夜色降臨，就會立刻疾駛而來。

「我看，我還是想像自己是一個在外地流浪了十年，想要尋找家園的霍姆伯吧！」小霍姆伯心想：「現在，這名霍姆伯覺得自己離久違的家園已經不遠了！」

他動動鼻子，嗅出正確的方位後開始大步前進。當他往前走時，腦子裡突然浮現出關於泥蛇和蘑菇怪獸的傳聞，牠們最喜歡偷偷跟在別人身後……這時候，泥蛇和蘑菇怪獸突然現身，在青苔上慢慢變大。

「那些傢伙只要一張口，就能吞掉我那可憐的弟弟。」小霍姆伯悲傷的想：「說不定牠們早就將他吞下肚了！天啊，牠們無所不在！大事不妙了！但說不定弟弟現在還有救，我得趕快派出緊急救難隊去拯救他！」

他立刻拔腿狂奔。

「可憐的弟弟。」小霍姆伯心想：「他那麼小又那麼笨，要是他真的被泥蛇吞進肚子裡，我就沒有弟弟了，而

我則會成為家裡的老么！」

他邊哭邊跑。強烈的恐懼讓他全身冒汗，連頭髮都散發出熱氣。他飛奔過院子，越過堆柴的小屋，一口氣跑上大門前的階梯，用他最大的聲量呼喊：「媽媽！爸爸！弟弟被泥蛇吃掉了！」

霍姆伯太太是個神經質的大人，每天操心這個煩惱那個。她緊張的跳了起來，原本用圍裙兜著的豌豆全撒到地上。她追問：「什麼？發生什麼事？你說什麼？弟弟怎麼了？你不是負責照顧他嗎？」

「噢！」小霍姆伯冷靜了一些，「弟弟掉進沼澤地裡的泥坑，接著馬上出現可怕的泥蛇，先纏住弟弟胖嘟嘟的肚子，再一口咬下他的鼻子。嗯！我承認我被嚇傻了，可是誰救得了他呢？那裡有好多可怕的泥蛇，數量遠遠多過弟弟。」

「蛇？」霍姆伯太太大叫。

這個時候，霍姆伯先生說話了：「別擔心，這個小傢伙又在胡說八道了。相信我。」霍姆伯先生為了確認他們用不著擔心，迅速看了一眼窗外，小霍姆伯的弟弟正坐在院子裡吃泥巴。

「我告訴過你多少次了，不要亂編故事！」霍姆伯先生告誡小霍姆伯。

霍姆伯太太也氣呼呼的說：「我們是不是應該打他一頓？」

「或許。」霍姆伯先生說：「如果他肯承認說謊是不好的行為，我現在就先不修理他。」

「我從不說謊！」小霍姆伯說。

「你剛才說弟弟被泥蛇吞進肚子裡了，可是他沒有啊！」霍姆伯先生質疑道。

「他沒有被泥蛇吞掉嗎？那很棒啊！不是嗎？」小霍姆伯回答：「難道你不開心嗎？我可是非常高興而且鬆了口氣呢！你知道的，那些可怕的泥蛇只要一張口就可以吞掉任何人，一點都不剩，只剩下無盡淒涼的夜晚，以及遠方土狼的嘲笑聲。」

「拜託你不要再胡說八道了！」霍姆伯太太生氣的說：「拜託！」

「所以，一切都沒事，一切都有好結果。」小霍姆伯愉快的做出結論：「今天晚上有甜點可以吃嗎？」

霍姆伯先生聞言後勃然大怒：「今晚有甜點，但是你不准吃！孩子，除非你明白自己不應該說謊，否則你連晚餐都別想吃！」

「人們當然不應該說謊！」小霍姆伯驚訝的回答：「說謊是壞事耶！」

「你看看，這孩子還是搞不清楚狀況。」霍姆伯太太說：「還是讓他吃晚餐吧，他根本不明白自己說了謊。」

「不行！」霍姆伯先生相當堅持：「我剛才說他不准吃晚餐，就不准吃晚餐！」

這位可憐的父親認為，如果他說話不算話，小霍姆伯將來一輩子都不會再相信他說的話。

*

小霍姆伯在太陽西沉時就上床睡覺了，他對父母親感到相當憤怒。他的爸媽以前也做過奇怪的決定，但是這次實在太愚蠢了。小霍姆伯決定離家出走，他這麼做並不是想報復，而是突然覺得再也無法忍受父母，他們根本分辨不出事情的輕重緩急與危險性。

他們在所有的事物中間畫出一條分隔線，線的這一邊是有用的、可以信賴的事物；線的那一邊則是胡思亂想出來的玩意兒，完全毫無用處。

「我真希望他們可以親眼見到那些怪物！」小霍姆伯自言自語著，走下階梯，穿過院子，「相信我，他們一定會大吃一驚！就一條泥蛇好了，我可以將泥蛇裝進箱子裡寄給他們！箱子要有玻璃蓋，我可不希望爸爸媽媽被泥蛇一口吞掉，一點都不希望。」

小霍姆伯回到可怕的沼澤地，他想證明自己是已經可以獨立自主的霍姆伯。沼澤地變成了深藍色，幾乎接近黑色，而天空是綠色的。在夕陽西下的地平線上有一道明亮的黃色，讓沼澤地看起來遼闊且陰暗。

「我當然沒有說謊！」小霍姆伯繼續往前走，「我說的都是真的！無論是敵人、怪物、泥蛇、幽靈馬車，他們和鄰居、園丁、母雞，還有我的腳踏車一樣，都是真實存在著的。」

他突然停下腳步，豎起耳朵傾聽遠方的聲音。

幽靈馬車正從遠方疾駛而來，速度越來越快，車輪不斷發出嘰嘰聲響，在路面上擦出紅色火花。

「我剛才怎麼沒有發覺呢？」小霍姆伯埋怨自己的粗心，「幽靈馬車越來越靠近了，快逃！」

小霍姆伯的腳踩過草地，一個個黑色水窪像是大眼睛般直盯著他瞧，隔著莎草注視小霍姆伯的一舉一動。他覺得自己的腳趾之間塞滿了泥漿。

「這時候絕對不能再想泥蛇的事。」小霍姆伯如此告誡自己，但是他馬上清楚又強烈的感覺到泥蛇的存在，牠們爬出洞穴，不斷舔著嘴邊的鬍鬚。

「我真希望自己可以和胖嘟嘟的弟弟一樣，逃過一劫！」小霍姆伯絕望的大喊：「弟弟只會用肚子思考，裡頭塞滿了他吃下的沙土。他曾經還想要吃掉手上的氣球。如果他當時吃下去的話，恐怕我們早就失去他了。」

一想到這裡，小霍姆伯停下了腳步。他看見弟弟圓球般的身體正往空中飄去。弟弟可憐兮兮的伸展著四肢，氣球的繩線從他嘴裡垂吊出來……

「噢！這太可怕了！」

遠處的沼澤亮著一盞燈。那不是幽靈馬車，而是一扇小小的四方形窗戶，裡頭散發出沉穩的燈光。

「到那邊去看看好了。」小霍姆伯對自己說：「慢慢走過去，不要跑，因為跑步會產生恐懼感。什麼都不要多想，就這樣慢慢走過去。」

那是棟圓形的房子，屋主可能是米寶家族的人。小霍姆伯在門上敲了幾下，但是沒有人出來應門。他又一連敲了好幾次，最後才自己打開門走進去。

屋子裡非常溫暖，布置得相當漂亮。窗台上放著一盞燈，更凸顯出屋外的黑暗。屋子深處傳出了時鐘滴答滴答的聲響，一個身材非常嬌小的米寶家族成員正趴在大大的衣櫥頂端，從上面俯視著小霍姆伯。

「妳好！」小霍姆伯向她打招呼：「剛才有可怕的大泥蛇和蘑菇怪獸在追殺我，幸好，我在最後關頭脫困了！妳一定想不到吧？」

嬌小的米寶只是用一種批判性的眼光靜靜看著小霍姆伯。過了好一會兒，她才開口說：「我叫作米妮。我看過你，你以前負責照顧一個胖娃娃，經常一面揮動雙手，一面自言自語。哈哈哈！」

「那不關妳的事！」小霍姆伯說：「妳為什麼要坐在大衣櫥上面？看起來像個傻瓜！」

「那只是對某些人而言！」米妮慢條斯理的回答：「對某些人而言，我坐在這裡

像個傻瓜；但是對我來說，坐在大衣櫥上面是我保住小命的方法。」

米妮說完後又倚到大衣櫥邊緣，輕聲說道：「蘑菇怪獸早就跑進客廳了！」

「咦？」小霍姆伯驚愕的睜大眼睛。

「我從這裡可以清楚看見，他們正坐在門後面。」米妮接著說：「他們還在伺機而動。你最好捲起地毯塞住門底下的縫隙，要不然那些傢伙會壓扁身體，從門縫底下爬進來！」

「妳說的不可能是真的！」小霍姆伯害怕得要命，喉嚨彷彿被什麼東西卡住了，「世界上根本沒有所謂的蘑菇怪獸！那是我早上才編出來的！」

「是你編造出來的嗎？」米妮一臉傲慢的說：「那種黏呼呼的蘑菇怪獸是你編出來的？那種長大後看起來像厚毛毯一樣，而且會緊緊黏在別人身上的蘑菇怪獸是你編出來的？」

「我不知道。」小霍姆伯心虛的低聲回答，他的身體微微顫抖著，「我不知道……」

「我奶奶全身都長滿了那種東西。」米妮表示：「我奶奶在客廳裡，或者說，那個原本是我奶奶的東西就在客廳裡。她已經變成一大團綠綠的東西，現在我們只能看見她的鬍鬚從那團綠色裡冒出來。你最好快點用地毯擋住門縫，或許可以抵擋一陣子，但我也不確定。」

小霍姆伯的心臟噗通噗通跳著，雙手因為害怕而變得僵硬，但他還是吃力的捲起地毯。屋內某個角落持續發出滴答滴答的時鐘聲響。

「那個聲音就是蘑菇怪獸長大時發出的聲音。」米妮對小霍姆伯說：「蘑菇怪獸會越變越大，最後撐破門，爬到你身上。」

「快點讓我躲到大衣櫥上面！」小霍姆伯急得大喊。

「真抱歉，沒有你的位置了。」米妮說。

這時，大門外突然有人敲門。

「真可笑。」米妮忍不住嘆了一口氣，「他們明明隨時都可以進來，卻還是會敲門……」

小霍姆伯急忙跑到大衣櫥前，打算爬上去躲起來。大門外的人再次敲了敲門。

「米妮，屋外有人來了！快去看看是誰！」客廳裡傳來說話聲。

「聽見了！聽見了！聽見了！」米妮朝著客廳嚷嚷完，再次轉頭對小霍姆伯說：「說話的人就是我奶奶，真沒想到她居然還能開口說話。」

小霍姆伯盯著通往客廳的門。它緩緩打開，發出可怕的聲音。小霍姆伯尖叫一聲，連忙鑽進沙發底下。

「米妮！」米妮的祖母喊著：「我不是叫妳去看看外面是誰在敲門嗎？妳為什麼反而捲起了地毯？我想安安靜靜睡個覺都不行嗎？」

祖母的年紀已經非常大了，火氣也不小。她穿著一件寬大的白色睡袍，走到大門口來開門，說道：「晚安啊！」

「晚安。」門外的訪客是霍姆伯先生，「真抱歉，這麼晚了還來打擾。不知道您有沒有看見我們家的小孩，那個排行倒數第二的孩子……」

「他躲在沙發底下。」米妮說。

「你可以出來了。」霍姆伯先生對小霍姆伯說：「沒有人在生你的氣。」

「你躲在沙發底下啊？」米妮的祖母略帶疲倦的說：「有孩子來探望我，我當然很高興，小米妮也可以邀請同伴來玩，但我希望最好還在白天的時候比較恰當。」

「真是非常抱歉。」霍姆伯先生連忙道歉：「以後我會讓孩子只在白天時來打擾您。」

小霍姆伯從沙發底下爬出來，他看也不看米妮或米妮的祖母，直接走向門口，步下台階，往黑漆漆的夜色裡走去。

霍姆伯先生走在小霍姆伯身旁，一句話都沒說。小霍姆伯覺得自己的心靈受到傷害，有點想哭。

「爸爸。」小霍姆伯說：「那個女生……你絕對不會相信……反正我不要再去那個地方了！一輩子都不去了！」小霍姆伯激動的表示。「那個女生騙我！她編了一大堆故事騙我。她的謊言讓我覺得噁心！」

「我明白。」霍姆伯先生安慰小霍姆伯，「受騙的感覺確實讓人很不舒服。」

他們兩人回到家之後，將剩下的甜點吃得一乾二淨。

第三章

堅信大災難即將發生的
菲力強克夫人

有一天，菲力強克夫人在海邊清洗她家的大地毯。她先用肥皂和刷子使勁刷著大地毯的第一條藍色橫紋，然後等待海浪打過七次，徹底的沖去肥皂泡沫。

她接著清洗大地毯的第二條藍色橫紋。暖烘烘的陽光照在菲力強克夫人的背上，她纖細的雙腳站在清澈的海水中，不停的刷刷洗洗。

這樣風和日麗的夏日午後，最適合清洗厚重的大地毯了。輕柔的海浪一波接一波打過來，幫助菲力強克夫人將大地毯洗得乾乾淨淨。一群大黃蜂正繞著她頭上的紅帽子打轉，牠們將帽子當成了鮮花。

「別想欺騙我！我絕對不會上當！」菲力強克夫人嚴肅的沉思著：「我太了解世界的運作方式了，雖然現在一切看起來非常平和，但是接下來肯定會有大災難！」

菲力強克夫人洗完大地毯的最後一條藍色橫紋，等著第七道海浪沖掉肥皂泡沫，才將整張地毯從海裡拉回岸上。

平滑的石頭表面受到陽光照射，散發出暗紅色的光澤，再透過地毯滴落的晶瑩水珠折射在菲力強克夫人腳上，讓她的每根腳趾頭都閃爍著金光。

菲力強克夫人站在陽光底下，突然很想要一頂新帽子。她覺得橘紅色的帽子應該不錯。或者，只要在舊帽子的邊緣添加一些可以反射陽光的亮片就好？金屬亮片應該不賴。但是金屬亮片不能晃動，達不到相同效果。不過話說回來，既然大災難即將發生，誰還需要新帽子呢？戴著新帽子或舊帽子死掉，結果不都一樣嗎……

菲力強克夫人將地毯拖到石頭上用力拉平，再用雙腳踩乾它。

天氣好得令人難以置信，有點不合常理。菲力強克夫人非常確定，某種不好的事情一定會發生。也許地底下的某處躲著恐怖的黑色怪物，它會不斷變大，逐步朝著這個方向接近，越來越快、越來越快……

「我甚至不知道那是什麼。」菲力強克夫人自言自語。

她的心臟噗通噗通跳著，一陣戰慄感滑過背脊，她覺得自己就像被敵人追趕，迫使她不斷在原地一圈圈打轉。然而，海面上依舊波光閃耀，陽光反射出隨波浪舞動的金色光芒，夏日和煦的微風輕柔撫過她的鼻頭。

偏偏眼前美好的一切完全無法安撫菲力強克夫人的情緒，她還是沒來由的感到恐懼。菲力強克夫人雙手顫抖著，她攤平地毯、收拾好肥皂和刷子後，就匆忙趕回家煮茶。賈夫西夫人和她約好下午五點鐘會登門拜訪。

*

菲力強克夫人住在一間寬敞但不太漂亮的房子裡。為了遮蓋剝落的油漆，房子的外觀全部重新漆成深綠色，內部則是棕色。這屋子是她向一位亨姆廉租來的，沒有附任何家具。亨姆廉當時告訴菲力強克夫人，她祖母年輕時也曾在夏天住過這間房子。菲力強克夫人有著深厚的家族觀念，她當場就決定租下它，藉此保留祖母的回憶。

搬進新家的傍晚，她坐在大門口的階梯上，想像年輕的祖母一定與自己大不相同。菲力強克家族的人對自然美景有一定標準的審美觀，祖母怎麼會想要住在陰沉的沙灘旁呢？沒有能讓她栽種果樹、製作果醬的院子！甚至連小樹或小草都長不出來！更不用說沒有美好的風景了！

菲力強克夫人嘆了口氣，孤零零的注視著碎浪打在黃昏的海灘上。綠色的海水、白色的沙灘、紅色的乾海草，眼前的一切就像是大災難發生的場景，而且連個安全的避難場所都沒有。

菲力強克夫人事後就會發現自己錯得離譜。她根本不需要搬到這個可怕的海邊、住進這棟可怕的房屋。她的祖母年輕時是住在別的地方，不是這裡！但或許這就是人生吧！

然而在菲力強克夫人發現真相時，她早已寫信通知所有的親戚，所以她也認為不用再搬出去了。

大家可能都在心裡嘲笑菲力強克夫人是個大傻瓜。

菲力強克夫人關上大門，回到屋子裡面，想讓家裡的感覺舒服一點。這是非常困難的工作，因為天花板太高，彷彿隨時有陰影；窗戶又大又單調，無論掛上哪種蕾絲窗簾，都無法營造溫馨的氣氛。窗戶彷彿不是為了讓屋內的人欣賞窗外的風景，而是讓屋外的人得以窺探房子裡的動靜。菲力強克夫人一點也不喜歡這種感覺。

雖然菲力強克夫人試著布置屋內的各個角落，但無論如何努力，還是一點也舒適不起來。連她的家具都彷彿迷失在這個空間裡：椅子緊緊貼在桌子旁、沙發靠在牆邊，而燈具照射出來的光線，倒像是在黑暗森林中發出微弱光芒的手電筒。

和家族裡其他成員一樣，菲力強克夫人擁有許多小擺飾，例如：可愛的小鏡子、以紅色天鵝絨和精巧貝殼裝飾成的相框、擺在針織布上的陶瓷貓咪和亨姆廉娃娃、銀線和絲線織成的刺繡，還有迷你小花瓶和米寶造型的茶具。這些小物品能讓她放鬆心情，不再感到危險和不安。

但是，在這間位於海邊的荒涼房屋裡，可愛的物品好像也失去了原本的功能。菲力強克夫人將它們從桌上移到餐具櫃上，又挪到窗台旁邊，但無論放在何處，看起來都很彆扭。

*

那種感覺又來了，一種與世隔絕的孤獨感。

菲力強克夫人站在大門邊望著屬於她的物品，希望能夠撫慰自己的心情，但它們看起來和她一樣無助。菲力強克夫人走進廚房，將肥皂和刷子放回流理台上，接著點燃爐火煮開水。她拿出自己最好的金邊茶杯以及蛋糕盤，仔細吹去盤子上的灰塵後，才把覆蓋著糖霜的小蛋糕擺在盤上，希望能讓賈夫西夫人有個好印象。

雖然賈夫西夫人喝紅茶時不添加牛奶，菲力強克夫人還是拿出祖母留給她的銀色船型牛奶罐，擺放在托盤上以防萬一。她還用厚絨布做成的小籃子來裝方糖，籃子還附有鑲了珍珠的把手。

等到菲力強克夫人擺設好茶盤後，她的心情已經恢復平靜，暫時拋開了與大災難有關的各種憂慮與不安。

可惜的是，菲力強克夫人找不到美麗的花朵讓她裝飾屋內環境。沙灘上的植物多半是些難看的小型灌木，它們的花與菲力強克夫人的客廳不搭。她悶悶不樂的推開桌上的花瓶，走到窗戶旁邊等待賈夫西夫人的到來。

這時她突然想到：「不行，我不能站在窗戶旁邊等賈夫西夫人，我應該先等她敲門之後，再匆匆忙忙跑去應門，這樣一來，我們兩人見面時才會非常開心，才能愉快的對話……如果我現在就等著她，可能直到遠處的燈塔都看不見半個人影，或者只能看到小小的人影往這邊走來。我不喜歡看見那些越來越靠近的身影……而且，萬一人影是朝著另一個方向走去，身影變得更加渺小，那豈不是更糟糕……」

菲力強克夫人不由自主的打了個寒顫。「我到底是怎麼了？」她心裡思索著：「我一定不能告訴賈夫西夫人這件事，她根本不是我想要談心的對象，偏偏

她是這附近唯一可以陪我聊天的人。」

大門突然傳來敲擊聲，菲力強克夫人連忙快步走向大門，還沒走到門口就開始大聲說話。「……多麼美好的天氣啊！」她說：「還有海，妳看見大海了嗎？……它看起來多麼平靜啊，連一道波浪都沒有！妳今天好嗎？妳看起來閃閃發光，和我預料得一樣……我還是老樣子，當然，生活一如往常，我的意思是，在這盛放的大自然中生活著。大自然讓生活井然有序，妳說是不是呢？」

「菲力強克夫人今天看起來更心不在焉了。」賈夫西夫人心想，脫掉了手套（她是一位如假包換的貴婦），大聲對菲力強克夫人說：「沒錯，菲力強克夫人，妳說得對極了！」

她們在餐桌旁坐下，菲力強克夫人因為友人來訪太過開心，口中絮絮叨叨念著不著邊際的話，甚至粗心的將茶水灑在桌布上。

賈夫西夫人讚美了蛋糕、裝方糖的籃子，以及她能想到的各種事物，但刻意不提菲力強克夫人的花瓶。賈夫西夫人是受過良好教育的女性，她知道任何人都看得出來，野生雜亂的樹枝與菲力強克夫人的茶具一點都不相襯。

過了一會兒，菲力強克夫人不再閒扯，賈夫西夫人也跟著沉默下來，屋子裡安靜無聲。

這時雲朵遮住了太陽，桌巾頓時變得黯淡。呆板的大窗戶映照出外頭灰色的雲層，她們聽見海上傳來奇怪的風聲，既遙遠又微弱，輕柔得像是耳語。

「菲力強克夫人，我看見妳洗了地毯。」賈夫西夫人客套的說。

「是啊，聽說海水最適合用來清洗地毯。」菲力強克夫人回答：「不但可以讓地毯永不褪色，還會留下宜人的氣息……」

「我一定得告訴賈夫西夫人！」菲力強克夫人心想：「我必須向別人說出心中的恐懼，我希望有人回答：『當然，我完全明白妳在害怕什麼。』或者是：『真的嗎？像今天這麼美好的夏日，有什麼需要害怕的？』雖然我不確定會發生什麼事，但大災難就要來了！」

「這些蛋糕都是按照我祖母的食譜烘焙而成的。」菲力強克夫人對賈夫西夫人

Tove

說。接著話鋒一轉，她突然身子往前傾，壓低聲音道：「此刻的平靜很不尋常！這表示有某種可怕的災難正要發生。親愛的賈夫西夫人，請妳相信我，我們既渺小又微不足道，我們搭配紅茶的蛋糕、家裡的地毯以及各種事物也是。妳懂的，雖然這些東西還是很重要，但是它們也正受到無情的大災難威脅……」

「噢！」賈夫西夫人回應了一聲，突然感到一陣不自在。

「沒錯，大災難要來了。」菲力強克夫人幾乎毫不喘氣的繼續往下說：「那是我們無法改變、無力抗爭且無從了解的東西，大災難也不會事先預告。我可以透過黑色的窗格子看見它，它從遙遠的路上、海面而來，變得越來越大。等到災難現身時，一切就來不及了。賈夫西夫人，妳是不是也能感覺得到？拜託，告訴我妳懂我在說什麼！」

賈夫西夫人脹紅了臉，手裡轉著方糖籃，心中對於自己今天來拜訪菲力強克夫人感到萬分後悔。

「在這個季節，偶爾確實會有突如其來的暴風雨發生。」賈夫西夫人最後才小心翼翼的說。

菲力強克夫人灰心的沉默不語。賈夫西夫人停頓了一會兒，有點賭氣的繼續說：「上個星期五我晾起洗好的衣物時，忽然颳起一陣狂風，將我最好的枕頭套吹到了大門邊，我絕對不騙妳。菲力強克夫人，妳平常都用什麼洗衣粉洗衣服？」

「我不記得了！」菲力強克夫人敷衍的回應一句。她突然覺得好累，因為賈夫西夫人根本不願意試著了解她的想法。於是她客套的問賈夫西夫人：「妳還要喝點茶嗎？」

「謝謝妳，不必了。」賈夫西夫人回答：「這次來拜訪妳真令我開心，可惜時間有限，我差不多該回家了。」

「好的。」菲力強克夫人接話：「我明白。」

夜色漸漸籠罩海面，沙灘上的海風輕聲低吟。這時間點燈的話稍嫌太早，不點燈又視線不明。賈夫西夫人狹窄鼻子上的皺紋比平時更深了，誰都能一眼就看出她的不自在。菲力強克夫人也無心招呼賈夫西夫人離開，她沉默的坐在原地不動，只顧著將糖霜蛋糕切成小塊。

「實在太尷尬了。」賈夫西夫人心想，將皮包夾在腋下。窗外，從西南邊吹來的風聲又增強了。

「妳剛才提到風。」菲力強克夫人突然又開口：「妳說風吹走了洗好的衣服。但是，親愛的賈夫西夫人，我說的是暴風或颱風的大災難。龍捲風、旋風或沙塵暴……又或是能沖走房子的大洪水……最重要的是，我想分享我的感受和恐懼，就

算大災難根本還沒到來。我明白一切只會變糟！我一直牽掛著這件事，就算在清洗大地毯的時候也不例外。妳明白嗎？妳能夠體會我的感覺嗎？」

「妳試過醋了嗎？」賈夫西夫人低頭看著茶杯說：「洗衣物的時候在水裡加入一點醋，可以讓衣服的顏色保持鮮豔。」

菲力強克夫人平常不容易動怒，這下子她卻真的生氣了。她覺得自己必須改變賈夫西夫人的想法，因此採取了最先浮現在腦海中的念頭。她伸出顫抖的手指，指著桌上花瓶裡的醜陋灌木，激動的大喊：「妳看！它很漂亮吧？和我的茶具多麼相襯！」

賈夫西夫人也和她一樣憤怒不耐，甚至氣得跳了起來回嘴道：「一點也不漂亮！灌木太巨大，滿是尖刺又俗氣不已。更別說外型硬邦邦的，根本不應該放在茶桌上！」

她們在盛怒下告別。菲力強克夫人甩上門後，就走回到客廳去。

她心情鬱悶，對這場茶會失望透頂。小小的灌木挺直的立在桌上的花瓶中，灰色的枝椏長滿尖刺，還攀附著暗紅色小花。菲力強克夫人突然領悟到：根本不是灌木與茶具不相襯，而是茶具與屋子裡所有的東西都不相襯！

於是菲力強克夫人將花瓶移到窗台上。

大海轉換了模樣，變成灰茫茫的一片，浪花露出白牙不斷啃咬著沙灘。天空透著紅色的光亮，看起來相當沉重。

這時，電話突然響了起來。

「請問是菲力強克夫人嗎？」賈夫西夫人在電話那頭謹慎的問。

「當然是我。」菲力強克夫人回答：「這屋子裡除了我之外沒有別人。妳回家的路上還好嗎？」

「還好，」賈夫西夫人說：「一路上風很大。」她沉默了一會兒，接著以非常和藹的口吻表示：「親愛的

菲力強克夫人，妳剛才說了好多恐怖的事。妳經常遇上可怕的災難嗎？」

「沒有。」菲力強克夫人回答。

「那是否曾經碰過一、兩次？」

「噢，沒有。其實我一次也沒遇過。」菲力強克夫人表示：「那只是我的感覺而已。」

「噢。」賈夫西夫人回答：「好吧，謝謝妳今天的邀請，下午茶很棒。所以妳從來沒有遇過大災難？」

「沒有。」菲力強克夫人說：「謝謝妳特別打電話給我。希望我們還能多聚一聚。」

「我也這麼希望。」賈夫西夫人說完，掛上了電話。

菲力強克夫人凝視著手中的話筒好一會兒，突然感到一股寒意襲向她。

「窗外的天色又要變黑了。」她心想：「我應該要拿毛毯來遮住窗戶，還有將鏡子翻面，讓鏡面對著牆壁。」但是她什麼都沒做，只是坐著傾聽灌進煙囪裡的風聲，聽起來就像是無家可歸的小動物在嚎叫。

房東亨姆廉掛在房子南側的魚網此刻被風吹得拍打牆壁，但是菲力強克夫人沒有勇氣走到屋外拿下它。

整間房子開始輕輕搖晃，風一陣陣襲來，菲力強克夫人甚至可以聽見不斷增強推力、從海面上吹來的強烈風聲。

強風吹落屋頂上的瓦片，在地面摔得粉碎。菲力強克夫人嚇得急忙躲進臥室，可是她的臥室太大了，一點安全感也沒有。她接著想到了食物儲藏室，那裡的空間就夠小。於是她抱起床上的棉被，跑過通往廚房的走廊，一腳踢開儲藏室的小門，躲進去後再用力關上。菲力強克夫人微微喘氣，傳進儲藏室的風聲不再這麼猛烈，因為這裡沒有窗戶，只有小小的透氣窗格。

黑暗中，菲力強克夫人走過幾袋馬鈴薯，最後來到果醬櫥櫃底下，用棉被將自己包得緊緊的。

她腦子裡開始緩慢的幻想：一道比外頭更黑暗、更瘋狂的超級強風出現，將海浪吹成可怕的白色巨龍，龍捲風也在海平線上發出怒吼，海水被捲成黑色的巨大水柱，閃閃發亮的巨柱慢慢靠近她，越來越近……

菲力強克夫人想像的暴風是世界上最可怕的事物之一。甚至在她內心深處有一丁點自豪，因為大災難只屬於她自己一個人，其他人都無法感受。

「賈夫西夫人是個大笨蛋！」菲力強克夫人心想：「她腦中只有蛋糕和枕頭套，連花藝也不懂，更不曾關心我的恐懼！她現在八成坐在家裡，認為我什麼災難都沒見識過。其實我每天都能預見世界末日的到來，只不過我還是照常換衣服、吃三餐、洗碗盤、招待朋友，裝作若無其事的樣子！」

菲力強克夫人將鼻子伸出棉被，看著黑漆漆的食物儲藏室說：「我一定會證明給妳看！」

她自己也不明白這句話到底代表什麼意思。菲力強

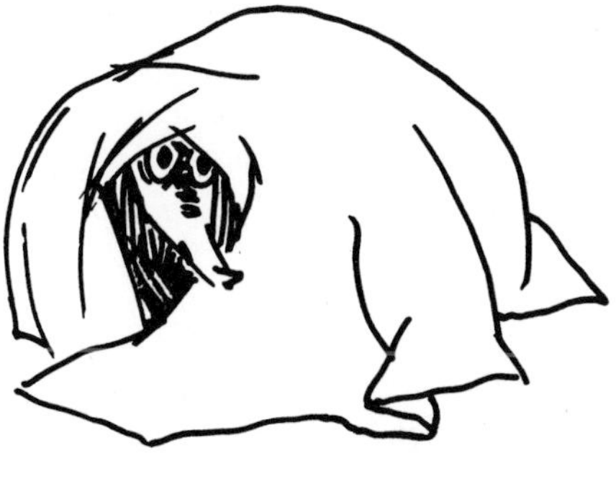

克夫人說完又鑽回棉被裡，雙手緊緊摀住耳朵。

屋外的狂風持續增強到午夜時分，到了凌晨一點，風速已經達到每秒四十三公尺，這是他們測過最大的暴風。

*

凌晨兩點，強風吹斷了菲力強克夫人家的煙囪。它半截倒在屋外，另一半掉進廚房的爐灶中。菲力強克夫人可以從天花板裂開的大洞看見黑漆漆的夜空，以及快速移動的雲朵。強風也找到闖入屋內的破口，一瞬間除了飛揚的塵土，什麼都看不見。窗簾和桌布瘋狂飄動，叔叔阿姨的照片也全部被捲到空中。菲力強克夫人的擺飾品彷彿都有了生命，在每個角落發出劈哩啪啦、叮叮噹噹的聲響。門扉被吹得嘎嘎作響，牆上的畫則摔到地面。

菲力強克夫人站在客廳正中央，裙子被風吹得狂亂翻飛。她心想：「世界末日來了！現在終於來了！我不必再痴痴等候了！」

Tove

她拿起話筒，準備打電話給賈夫西夫人，告訴她……好吧，就只說幾件具有壓倒性證明的事實好了，口氣要冷酷又充滿勝利感。

可惜電話線已經被暴風吹斷了。

菲力強克夫人只聽得見狂風的怒吼和屋頂瓦片晃動的聲響。「如果我躲在閣樓，整片屋頂可能會被風吹走。」她心想：「如果躲進地下室，整間房子可能會倒塌壓在我身上。既然大災難已經發生，該來的絕對躲不過。」

菲力強克夫人抓住陶瓷貓咪，緊緊握在手中。這時，窗戶被風吹開，窗玻璃破裂成許多小碎片，散落在地面上。暴雨打在桃花木製成的家具上，亨姆廉的石膏雕像也從台座上吹落，摔得粉碎。

隨著一聲膽戰心驚的撞擊，菲力強克夫人的豪華吊燈也摔落在地。那是她舅舅留給她的紀念品。菲力強克夫人聽到她的家具和擺飾全都在哭泣與呻吟。她在一面碎裂的鏡子中看見自己蒼白的鼻子，她沒多加思考就一股腦的跑向窗戶，跳出屋外。

當菲力強克夫人回過神時，她發現自己坐在沙地裡，溫暖的雨水打在臉頰上，身上的洋裝像風帆一樣翻飛不止。

她緊緊閉著雙眼，知道自己正置身於危險之中，無助又絕望。

狂風穩定且毫不間斷的持續吹著，但是剛才的可怕聲響，那些呼嘯聲、砸碎聲、撞擊聲、穿刺聲、撕裂聲，現在都消失了。屋子裡才是危險的地方，屋外似乎沒有什麼威脅性。

菲力強克夫人疲憊的喘了口氣。她嗅到一股濃濃的海草味，於是睜開雙眼。

四周並不像臥室裡那麼黑暗。

她可以清楚看見海浪和燈塔發出的光束。光束在黑夜中緩緩移動，先掃過她的前方，再橫越整片沙丘，最後投向遠方的海平線，接著又重複相同的路徑。平靜的光束一圈圈來回轉動，監看著強風的肆虐。

「我以前從來不曾在夜裡獨自外出。」菲力強克夫人心想：「要是讓媽媽知道的話……」

菲力強克夫人開始逆風爬行，朝沙灘的方向前進，能夠離亨姆廉的房子越遠越好。她的左手依舊緊緊握著陶瓷貓咪，保護它的使命感能令她冷靜許多。此刻她看見大海幾乎變成藍白色，浪頭被強風直直吹起，灑在沙灘上有如煙霧，帶著海水鹹味的煙霧。

她身後的屋子裡依舊傳出物品摔落的聲響，但是她甚至懶得回頭多看一眼。她蜷縮在巨大的石頭後方，睜大眼睛凝視著黑夜。她此刻已經不感到寒冷，而且奇怪的是，她突然覺得自己非常安全。這對菲力強克夫人而言是一種相當特殊的感受，簡直美妙得無法形容。她的人生再也沒有什麼好擔心的了，因為大災難已經來臨。

*

狂風在天將亮的時候平息下來，但是菲力強克夫人幾乎不曾察覺到。她正靜靜坐著沉思她自己的人生、她一直以來憂心的大災難，還有她的家具。沒想到這一切竟然可以完美的結合在一起。坦白說，除了屋子的煙囪被吹倒之外，並沒有什麼嚴重的災情。

儘管如此，菲力強克夫人還是認為這場大災難是她人生中最重大的事，不但帶給她極大的震撼，同時也徹底翻轉了她的一切。她不知道應該怎麼做才能找回原本的自己。

舊的菲力強克夫人已經不存在了，就連她自己也不確定是否希望舊的自己回來。還有，那些屬於舊菲力強克夫人的家具和擺飾品，接下來應該如何處置呢？

那些東西是不是都已經壞了、髒了、破了、濕了呢？如果我坐下來修復它們，恐怕得花費許多時間去黏合、縫補、尋找遺失的小碎片……

她必須清洗、熨燙、粉刷，為那些無法補救的物品感到遺憾；擔心哪裡還有沒發現的破洞；而她的家具和擺飾品都不可能像原來那麼美好了……不！不行！她一定還會設法將它們一個個擺回陰暗無趣的房間裡，努力讓整間屋子變得舒適宜人……

「不行！我才不要這樣！」菲力強克夫人大喊一聲，麻痺的雙腳奮力站起，「如果我設法將一切恢復本來的面貌，我就會又變回原本的自己，到時候我將再度生活在恐懼之中……我現在就已經能感覺到那種滋味。龍捲風又會回來包圍住我，颱風也是……」

她這時才首次回頭望向那間亨姆廉租給她的房子。它依舊聳立著，但裡面充滿了破碎的物品，等待著菲力強克夫人回去收拾整齊。

「真正的菲力強克家族成員，絕對不會放任她從家族繼承的物品散亂荒蕪……媽媽一定會這樣提醒我。」菲力強克夫人喃喃自語著。

此刻，早晨來臨，東方的海平線正等待著太陽升起。較小的風雨像是受到驚嚇一般，消散得無影無蹤。天空中飄著強風忘記吹走的雲朵，遠方偶爾傳來一、兩聲雷鳴。

天氣還沒穩定下來，彷彿還在猶豫著應該變好還是轉壞，一如菲力強克夫人現在的心情。

就在這時候，菲力強克夫人突然看見了龍捲風。

她眼前的龍捲風與自己幻想的截然不同。她想像中，龍捲風是閃閃發亮的黑色大水柱。但是，這才是真實的龍捲風，它渾身散發著光芒，像是不斷向下旋轉的白色雲柱，在觸及海面時呈現粉筆一般的霧白色，接著吸收海水的水氣再度往上迴旋。

龍捲風沒有發出怒吼，行進的速度也不快。它安靜的以緩慢步調朝岸邊前進。太陽升起，將龍捲風雲柱染成玫瑰花瓣般的紅色。

它非常高大，沉默卻強勁的旋轉著，一步步接近菲力強克夫人。

菲力強克夫人全身無法動彈，她始終安靜的站著，手裡緊握著陶瓷貓咪，心想：

「我的天啊！這真是一場美麗又神奇的大災難！」

龍捲風一路旋轉到沙灘上，離菲力強克夫人沒有多遠。神奇的白色雲柱經過她身邊時變成了一根沙柱，靜悄悄的捲起她房子的屋頂。菲力強克夫人眼睜睜看著屋頂捲入天空，消失得無影無蹤。她的家具也被龍捲風捲至空中，消失不見。接著是她的各種物品，包括餐巾、相框、杯墊、祖母留下的銀製牛奶罐，還有用絲綢與銀線織成的刺繡，所有東西全都在她的眼前飛上天際，最後一個也不剩。菲力強克夫人欣喜若狂的想著：「這真的是了不起啊！太了不起了！我這樣渺小的菲力強克家族成員，如何對抗得了大自然的神奇力量呢？現在已經沒有東西需要修補了！什麼都沒有！所有物品都被大自然清理得一乾二淨了！」

她看著龍捲風默默掃過草原，變得越來越小，最後化為輕煙。反正現在已經不需要這個龍捲風了。

菲力強克夫人深吸一口氣。「現在我再也不必害怕了！」她對自己說：「我已經自由了！從今以後，我可以做任何想做的事情了！」

她將手中的陶瓷貓咪放上大石頭。昨夜的風雨讓它少了一個耳朵，鼻頭也染上一些髒污，但是新面貌看起來更頑皮、更可愛。

太陽已經升至高空。菲力強克夫人走到濕漉漉的沙灘，發現她的大地毯還在那兒。大海用海草與貝殼裝飾了地毯，將它清洗得一乾二淨。菲力強克夫人忍不住笑了出來。她雙手拉住大地毯，拖進滾滾白浪之中。

菲力強克夫人潛入綠色的大海，坐在地毯上衝浪，挑戰著嘶嘶作響的白色浪花。她一次又一次的潛進海裡，玩得不亦樂乎。

透明的綠色海浪一波波打在菲力強克夫人身上，這時她浮出海面，做了一個深呼

吸，抬起頭看向太陽。菲力強克夫人就這樣在海浪中與她的地毯一起玩樂、歡笑、吶喊與舞動。

菲力強克夫人這輩子從來沒有這麼開心過。

遠處傳來賈夫西夫人的叫喊聲，過了幾分鐘，她就看見賈夫西夫人出現在視線中。

「太可怕了！」賈夫西夫人激動的大叫：「親愛的菲力強克夫人，妳一定也嚇壞了吧？」

「早安！」菲力強克夫人向賈夫西夫人問安，同時將大地毯拖回沙灘上。

「妳今天好嗎？」菲力強克夫人問道。

「我快發瘋了！」賈夫西夫人哭喊著：「昨天晚上太可怕了！我一整晚都想著妳說的話。我見證了大災難的發生！沒想到它真的來了！好可怕的大災難！」

「妳這話是什麼意思？」菲力強克夫人天真的問她。

「一切都和妳說的一樣，妳說得非常正確。」賈夫西夫人表示：「妳說大災難即將發生！天啊，妳那些美麗的擺飾，妳那漂亮的房子！我一整個晚上不停的試著打電話給妳，可是電話線被狂風吹斷了……」

「妳真好心！」菲力強克夫人擰乾自己的帽子，「老實說，妳根本不需要那麼做。而且，如果妳擔心洗衣服時衣物會褪色，只要在清水中加入一點醋，衣物就可以保持鮮豔！」

菲力強克夫人坐在沙灘上，笑得流出了眼淚。

第四章

世界上最後一隻龍

在炎熱夏季的某個星期四，姆米托魯從棕色池塘裡抓到一隻小龍，那個棕色池塘就位在姆米爸爸懸掛吊床的大樹右邊。

姆米托魯當然沒有料到自己會捕捉到龍，他原本只打算在池塘底部的泥淖處抓些小生物，觀察牠們游泳時如何擺動四肢和倒退而行，但是當他舉起裝了小生物的玻璃瓶在日光下觀察時，卻發現瓶子裡有隻看起來不太一樣的傢伙。

「我的老天啊！」姆米托魯充滿敬畏的低語道，雙手環抱玻璃瓶，全神貫注的凝視。

小龍與火柴盒差不多大，牠擺動著和金魚魚鰭一樣漂亮的透明翅膀，優雅的在水裡游來游去。

但是小龍擁有任何金魚都沒有的色澤，牠的身體像黃金般閃閃發亮，在太陽的照耀下，鱗片也不斷閃耀著金光。小龍的頭是翠綠色，有著檸檬黃的眼睛。牠那六隻金色的小腳連接著綠色的爪子，尾巴在尾端轉變成綠色。牠無疑是完美無瑕的小龍。

姆米托魯蓋好玻璃瓶的瓶蓋（當然有透氣孔），小心翼翼的將玻璃瓶放在青苔地上。他就這樣趴在玻璃瓶旁，專心觀察瓶內的動靜。

小龍游到玻璃瓶側，張開嘴巴，露出尖銳的小白牙。

「牠一定生氣了。」姆米托魯心想：「沒想到這麼小的小龍也會生氣！我應該怎麼做才能讓牠喜歡我呢？……牠平常都吃些什麼？我該怎麼飼養龍呢？」

姆米托魯為此焦慮不安。回家的路上，他小心翼翼的抱著玻璃瓶，擔心看起來纖弱的小龍會撞到瓶身。

「我一定會好好餵養你、照顧你、愛護你！」姆米托魯一面走，一面溫柔的對著玻璃瓶內的小龍說：「你可以睡在我的枕頭上！等你長大並且喜歡我之後，我還會帶你去海邊游泳……」

＊

姆米爸爸正在後院的菸草田工作。雖然姆米托魯可以讓姆米爸爸看看小龍，還能請教各種關於龍的問題，但是他決定先別這樣做。現在時機不對，姆米托魯希望先保密幾天，直到小龍習慣與人相處。姆米托魯最期待的樂趣，就是讓司那夫金見到小龍。

姆米托魯將玻璃瓶緊緊抱在懷裡，裝出若無其事的表情，緩緩走向姆米家的後門。大夥兒都坐在前門的陽台上，從後門進出就不會被發現。但是當姆米托魯悄悄的踏上通往後門的階梯時，小不點米妮突然從水桶後方跳了出來，大聲問他：「你手裡拿了什麼東西？」

「沒什麼。」姆米托魯故意裝傻。

「玻璃罐！」米妮好奇的伸長了脖子，「裡面有什麼？為什麼要躲躲藏藏？」

姆米托魯急忙衝回自己的房間，將玻璃瓶放在桌上。瓶中的水因此劇烈搖晃，小龍將翅膀縮了起來，身體蜷成球狀。直到玻璃瓶中的水又靜止了，小龍才慢慢

展開翅膀，露出牠的牙齒。

「以後不會再發生這種事了。」姆米托魯愧疚的保證：「親愛的小龍，真的很對不起。」他打開玻璃瓶的蓋子，好讓小龍可以更清楚看見屋內的模樣。接著他走向房門牢牢上鎖。你永遠不知道古靈精怪的米妮什麼時候會出現。

姆米托魯轉過身，發現小龍已經從水裡爬出來，坐在玻璃瓶的瓶口處。姆米托魯輕輕伸出手，想要撫摸牠。

沒想到小龍立刻張開嘴巴，吐出一朵小小的煙霧，鮮紅色的舌頭如同火光一閃即逝……

「好痛！」姆米托魯燙到了手，雖然傷勢不嚴重，但是確實有個燒傷。

姆米托魯更加喜歡小龍了。

「你生氣了，對不對？」姆米托魯輕聲說：「你真是狂野、冷酷又邪惡，不是嗎？噢！親愛的小龍！你真是太可愛了！」

小龍從鼻子哼了一聲。

姆米托魯爬到床底下，拉出收納物品的百寶箱。箱子裡有兩塊變硬的煎餅，還有半片抹了奶油的麵包及一顆蘋果。姆米托魯將它們切成小塊，放在小龍身旁，圍成一個圓圈。小龍聞了聞食物的味道之後，不屑的看了姆米托魯一眼，接著跳到窗戶旁邊，俐落的抓住一隻大蒼蠅。

蒼蠅停止原本發出的嗡嗡聲，開始不斷掙扎。小龍翠綠色的前爪壓住蒼蠅的脖子，朝著蒼蠅的眼睛噴出一絲煙霧。

牠露出雪白的利齒，張口將蒼蠅吞進肚子裡。小龍嚥了兩次，舔了舔嘴巴、搔了搔耳朵，接著瞇起一隻眼睛，嘲笑似的望著姆米托魯。

「你太聰明了！」姆米托魯驚呼：「你是最厲害的小乖乖！」

這時，樓下的姆米媽媽呼喚大家吃午餐。

「你先在這裡等我一下，要乖乖的喔！」姆米托魯對小龍說：「我馬上就回來。」

姆米托魯站了起來，充滿愛憐的看了小龍一會兒。他克制住擁抱小龍的衝動，又輕聲說了一句：「你真是我最可愛的朋友。」然後才衝下樓去，到陽台和大夥兒一起準備吃午餐。

姆米托魯的湯匙還沒碰到麥片粥，坐在一旁的米妮就迫不及待的宣布：「有人在他的神祕玻璃瓶裡藏了一個祕密囉。」

「閉嘴啦！」姆米托魯說。

米妮根本不理會姆米托魯的抗議，繼續說：「我猜某人一定是在玻璃瓶內飼養了水蛭或潮蟲，還是說，他養的是體型不大的蜈蚣，在一分鐘之內就能繁殖成一百倍！」

「媽媽，妳聽我說！」姆米托魯說：「妳知道的，我一直希望能夠養隻小寵物。如果我真的能擁有的話，我希望這隻小寵物是……牠最好是一隻……」

「你要準備多少木頭才能餵飽潮蟲呢？」米妮邊說邊在牛奶杯裡吹泡泡。

「你想養什麼寵物？」姆米爸爸從報紙裡抬起頭問。

「姆米托魯發現了一種新奇的動物，」姆米媽媽向姆米爸爸解釋，接著問姆米托魯：「你的小寵物會咬人嗎？」

「牠很小，所以就算被咬到，也不會覺得痛。」姆米托魯小聲回答。

「牠什麼時候才會長大？」米寶姊姊問：「我們什麼時候能看看牠？牠會說話嗎？」

姆米托魯一句話都沒說。一切全搞砸了！難道他就不能保有祕密和驚喜嗎？沒錯，如果你和家人同住在一個屋簷底下，那就想都別想。要是大夥兒從一開始就知道一切，接下來便不會有什麼樂趣可言了。

「等等吃完午餐之後，我要去河邊。」姆米托魯說。他的臉上露出一種不以為然的表情，就和小龍剛才的表情一模一樣，「媽媽，請妳告訴大家，誰都不准隨便進入我的房間。如果他們跑進去之後

發生意外，我可不負責喔！」

「沒問題。」姆米媽媽回答，看了米妮一眼，「任何人都不可以隨便打開姆米托魯的房門。」

姆米托魯鐵青著臉，沉默的吃完麥片粥，然後起身走過庭院，朝小橋的方向而去。

*

司那夫金坐在他的帳篷前，忙著用油漆替軟木浮標上色。姆米托魯一看見他，心情馬上又變好了，迫不及待想與司那夫金分享小龍的事。

「唉，」姆米托魯對司那夫金說：「和家人們住在一起，有時候也挺麻煩的！」

司那夫金輕哼一聲表示同意，嘴裡依舊叼著他的菸斗。他們兩人靜靜的並肩坐著，感受著屬於男性間的深厚友誼。

「對了。」姆米托魯突然打破沉默：「你在旅途中，曾經遇過活生生的龍嗎？」

「我想你指的應該不是蠑螈、蜥蜴或鱷魚，而是真正的龍，對不對？」司那夫金沉默了一會兒之後才回答：「答案是沒有。我從來沒有見過活生生的龍，牠們已經絕種了。」

「也許……會有一隻小龍倖存下來？」姆米托魯慢慢的說：「也許牠不小心被某人意外捕獲，養在玻璃瓶裡。」

司那夫金以銳利的眼光看了姆米托魯，他看得出來姆米托魯已經興奮得快要爆炸了。他簡短的說：「我不相信。」

「也許，牠只有火柴盒般的大小，但是真的能夠噴火！」姆米托魯張大嘴巴繼續說著。

「那些都是幻想罷了。」司那夫金故意假裝不相信。

姆米托魯不服輸的看了司那夫金一眼，又說：「想想看，一隻有著綠色爪子的金色小龍，牠總有一天一定會喜歡上捕獲牠的人，並且陪伴他到天涯海角……」

最後姆米托魯終於憋不住，他跳了起來，興高采烈的說：「我抓到一隻小龍！一隻完全屬於我的小龍！」

＊

在他們返回姆米家的途中，姆米托魯告訴了司那夫金整件事的來龍去脈。司那夫金先是不相信，接著滿是驚訝與讚嘆。司那夫金真不愧是最棒的朋友。

他們上樓後，小心翼翼推開房門，走進姆米托魯的房間。

裝著水的玻璃瓶依舊擺在桌上，卻不見小龍的身影。姆米托魯焦急的翻找床底下和櫥櫃後方，嘴裡不斷輕喚著：「親愛的朋友，我的小寶貝，我可愛的小龍，你究竟跑到哪裡去了？」

「姆米托魯！」司那夫金突然開口：「小龍坐在窗簾上！」

果不其然，小龍高高的坐在接近天花板的窗簾橫槓上。

「我的天啊！」姆米托魯緊張的大喊：「牠會摔下來的！……不要亂動……等等我……還有，別說話……」

姆米托魯從床上拉下棉被，鋪在窗戶下方的地板上。他找出亨姆廉送給他的捕蝶網，慢慢伸往小龍的位置。

「跳進來！」姆米托魯輕聲勸誘小龍：「親愛的小寶貝，不要害怕，我不會傷到你的……」

「你會嚇到牠的。」司那夫金說。

小龍打了個呵欠，吐了吐舌頭。牠一口咬住捕蝶網，發出憤怒的嗚嗚聲，聽起來像是發動中的小型引擎。小龍接著展開翅膀，開始貼著天花板飛舞盤旋。

「牠在飛！牠飛起來了！」姆米托魯興奮的大喊：「我的小龍飛起來了！」

「龍本來就會飛啊。」司那夫金說：「你不要跳來跳去，安靜一點。」

小龍停在半空中，牠的翅膀繼續搧著，看起來就像一隻飛蛾。突然間，牠以迅雷不及掩耳的速度往下俯衝，咬了一口姆米托魯的耳朵，姆米托魯忍不住發出哀嚎。接下來，小龍直直飛向司那夫金，靜靜停在他肩膀上。

小龍貼在司那夫金的耳朵旁，閉上眼睛，持續發出低鳴。

「牠真是有趣的生物！」司那夫金覺得相當不可思議，「牠的身體熱熱的，散發著金光。為什麼呢？」

「我想這可能表示牠喜歡你。」姆米托魯說。

*

到了下午，司諾克小姐拜訪完米妮的祖母，回到姆米家。大家馬上告訴她姆米托魯發現龍的大消息。

小龍坐在陽台的餐桌上，緊緊依偎著司那夫金的咖啡杯，舔著自己的爪子。除了司那夫金之外，每個人都被小龍咬過了，而且只要牠有一點不順心，就會隨意噴火，在某處燒出個洞。

「多可愛的小甜心。」司諾克小姐好奇的問：「牠叫什麼名字？」

「我沒有特別替牠取名字。」姆米托魯小聲的回答：「牠就是小龍。」

姆米托魯伸手越過桌面，輕輕碰了小龍的金色小腳一下，小龍立刻轉過頭對姆米托魯發出不滿的嘶嘶聲，噴出一小道有如雲朵的煙霧。

「牠好可愛喔！」司諾克小姐忍不出發出驚呼。

小龍跑到司那夫金放在桌上的菸斗旁，用鼻子聞聞菸斗的氣味，剛才牠坐著的桌巾已經多出一個燒焦的褐色小洞。

「我擔心連防水油布也會讓牠燒壞了。」姆米媽媽說。

「大概吧！」米妮冷冷的表示：「只要等牠再長大一點，就會將整間房子燒個精光。」

米妮伸手想拿蛋糕，小龍卻突然像一道金色閃電般撲向米妮，狠狠咬了她的手一口。

「你這個可惡的小壞蛋！」米妮怒罵道，揮舞著餐巾拍打小龍。

「如果妳總是像這樣開口罵人，將來一定無法進入天國！」米寶姊姊立刻斥責米妮，但姆米托魯打斷了米寶姊姊的話。

「小龍不是故意的！牠只是以為妳想搶走那隻停在蛋糕上的蒼蠅。」

「你和你的小龍都是大笨蛋！」米妮憤怒的大吼，她手上的傷口相當嚴重，「不過，這隻小龍好像不是你的，牠比較像是司那夫金的，因為小龍只喜歡司那夫金一個人。」

所有人聽了這句話，陷入一片沉默。

「我剛才好像聽見什麼奇怪的聲音。」司那夫金從餐桌旁站了起來，「再過一會兒，我想小龍就會知道自己的主人是誰了。小龍，去找你的主人吧！」

小龍依舊站在司那夫金的肩膀上，六個爪子緊緊抓著不放，發出像是縫紉機一樣的低鳴聲。司那夫金以拇指和食指輕輕抓起小龍，用咖啡杯罩住牠。接著他打開陽台的玻璃門，獨自往院子走去。

「小龍在杯子裡會悶死的！」姆米托魯拿起桌上的咖啡杯，小龍立即閃電般從杯子裡竄出來，朝窗口飛去。牠前爪抵著窗戶玻璃，凝望著司那夫金逐漸遠去的背影。過了一會兒，小龍開始發出哀鳴，牠原本金光閃閃的身體，也頓時變成暗淡的灰色。

「龍這種東西，大概在七十年前就已經從世界上消失了。」姆米爸爸打破沉默：「這是我翻閱百科全書查到的資料。最後絕種的龍，情感相當豐富而且具有強大的噴火能力。牠們的性格非常固執，從不輕易改變想法……」

「謝謝喔。我吃飽了。」姆米托魯站了起來，「我想上樓去休息了。」

「孩子，你的小龍怎麼辦？要讓牠獨自留在陽台上嗎？」姆米媽媽關心的

問：「還是你想帶牠回房間去？」

姆米托魯沒有回答。

他走到門邊推開大門，小龍見狀後，馬上衝過姆米托魯身旁，飛奔至外頭。

「牠跑掉了！」司諾克小姐失望的大叫：「這下子你不可能再抓到牠了！你為什麼要打開門？我還沒有仔細看清楚牠呢！」

「妳可以去司那夫金那兒。」姆米托魯酸溜溜的表示：「我敢說牠一定待在司那夫金的肩膀上。」

「噢！我親愛的孩子，」姆米媽媽難過的說：「我的小寶貝……」

＊

司那夫金才剛拿出釣竿準備釣魚，小龍就飛到他身邊，坐在他的膝蓋上。重回到司那夫金身邊的喜悅，讓小龍興奮得不停扭動，身體差點就要打結。

「你真是個可愛的小傢伙。」司那夫金邊說邊揮趕小龍，「噓！回到姆米托魯身邊吧！快點回家去！」

雖然司那夫金嘴裡這麼說，但他知道一點用也沒有。小龍這輩子大概不可能離開他了，而據司那夫金所知，龍的壽命是一百年。

司那夫金略帶哀傷的看著小龍。小龍為了吸引司那夫金的目光，拚命閃動著身上的金光。

「沒錯，你是個好伙伴。」司那夫金對著小龍說：「有你作伴，生活一定會更有樂趣。可是你不明白，姆米托魯他……」

小龍這時打了個哈欠，飛到司那夫金的帽緣裡，蜷成球狀睡著了。司那夫金嘆了口氣，將釣魚線拋進河裡。他的新浮標在水面上浮浮沉沉，綻放出鮮豔的紅色。他知道姆米托魯今天一定沒有釣魚的興致，憂傷占據了他的心……

時間一分一秒的過去。

小龍有時候會從帽緣裡跳出來捕食蒼蠅，又飛回去睡覺。司那夫金釣到了五條魚和一條鰻魚，但他覺得鰻魚太麻煩，於是又丟回水中。

接近黃昏的時候，一艘小船順著河流緩緩駛來，停在司那夫金面前。船上有一個亨姆廉家族的年輕人。

亨姆廉家的小伙子問：「嘿！今天運氣如何？釣到了幾條魚？」

「普普通通。」司那夫金回答他：「你打算去遠方嗎？」

「嗯，對啊！」亨姆廉小伙子點點頭。

「把你船上的纜繩丟過來。」司那夫金說：「和我一起分享這些魚吧！你可以用舊報紙將魚包起來，放在火上烤熟，味道會很不錯喔！」

「你希望我用什麼交換？」不習慣無緣無故接受別人禮物的亨姆廉問道。

司那夫金笑了一下，拿下頭上的帽子，裡頭有著熟睡的小龍。

「聽著。」司那夫金表示：「帶著牠到你將前往的遠方，找一個有很多蒼蠅的好地方安頓牠。你可以把帽子弄得像小窩一樣，放在灌木叢底下或任何舒適的地方，讓小龍感覺像個家。」

「這隻龍是真的嗎？」亨姆廉家的小伙子一臉懷疑的問：「牠會不會咬人？我應

該多久餵牠一次？」

司那夫金走進帳篷，拿了個舊茶壺出來。他先抓了一把草放進舊茶壺裡，再小心翼翼的將熟睡中的小龍放在草上，然後緊緊蓋上壺蓋。

「你可以從茶壺的壺口放一些蒼蠅進去餵牠，偶爾還可以滴幾滴水讓牠喝。如果茶壺莫名其妙的開始變熱，不必太緊張。好啦，一切就麻煩你囉。只要忍耐幾天，你就可以放走小龍了。」

「區區五條鯉魚要做這麼多事，這個交易不太划算耶！」年輕的亨姆廉小伙子不太高興的表示。但他還是默默解開纜繩，讓小船再次順著河流往前而去。

「別忘了要用我的帽子替小龍做一個小窩！」司那夫金越過水面大喊：「牠非常喜歡我的帽子！」

「好啦！我不會忘記的。」亨姆廉回答，隨著小船在河灣處消失了蹤影。

「這個可憐的年輕人一定會被小龍燙傷好幾次吧？」司那夫金心想：「希望他不要太介意才好。」

＊

太陽下山後，姆米托魯來到司那夫金的帳篷。

「晚安啊。」司那夫金向姆米托魯打招呼。

「晚安，」姆米托魯語氣平淡的說：「你今天如何？有釣到魚嗎？」

「還可以。」司那夫金回答：「不坐下來嗎？」

「呃，我只是路過而已。」姆米托魯小聲的說。

兩人之間的對話突然停止。這種沉

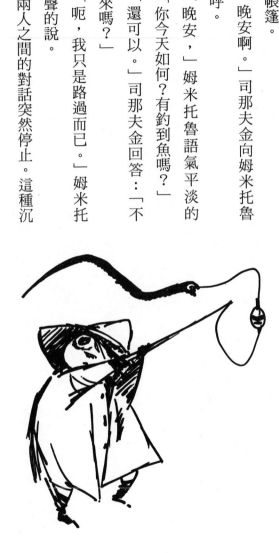

默和「哥兒們之間不需多說什麼」的沉默不同，帶著困擾與尷尬。過了一會兒，姆米托魯才又開口問：「牠在黑暗中會發光嗎？」

「誰？」

「嗯，我是說小龍。我只是覺得，如果牠可以在黑暗中發光的話，一定很有趣。」

「我不知道牠在黑暗中會不會發光。」司那夫金表示：「如果你真的想知道，為什麼不回家去看看呢？」

「可是我放牠走了。」姆米托魯驚訝的問：「牠沒有來這裡找你嗎？」

「沒有。」司那夫金點燃菸斗，「龍這種動物非常任性，而且相當好戰，你也親眼見識過了。牠們一旦發現美味可口的蒼蠅，馬上就將其他事忘得一乾二淨了。龍就是這樣，根本不值得為牠們花心思。」

姆米托魯沉默了好一會兒，才在草地上坐下。他靜

靜的說：「或許你說得一點兒都沒錯，小龍飛走了反而是一件好事。嗯，就是這樣，我現在真的這麼認為。司那夫金，我看到你的新浮標了。我猜，紅色的浮標在水裡看起來一定棒極了！」

「還不賴啦！」司那夫金說：「我也替你做一個吧！你明天要和我一起釣魚嗎？」

「當然！」姆米托魯說。

第五章

喜歡安靜的亨姆廉先生

很久很久以前，有一位亨姆廉先生在遊樂場裡工作。雖然遊樂場是充滿歡樂的地方，但不代表變成工作也是。亨姆廉先生在遊樂場裡擔任剪票員，負責在客人的入場券上打洞，以免有人重複使用入場券。而如果你此生都在做這樣的工作，想必任誰也無法快樂起來。

亨姆廉先生日復一日的在票券上打洞，他總是想像著，等領到退休金時，可以拿這筆錢來做些什麼。

或許有人不太明白什麼是退休金，所以我們在這裡解釋一下：所謂的退休金，就是當你年老的時候，一筆能夠讓你自由運用的錢。這是亨姆廉先生的親戚對於退休金的看法。

亨姆廉先生有非常多的親戚，其中絕大多數的親戚都長得很魁梧，喜歡拍打彼此的背，大聲談笑。

亨姆廉先生任職的這座遊樂場，就是他的那些親戚共同擁有的。他們空閒時喜歡在遊樂場裡吹吹喇叭、丟丟鐵槌、說說笑話，或者嚇唬別人以製造驚喜。他們所做的一切，都是出於善意，目的是希望大家開心。

亨姆廉先生並沒有這座遊樂場的任何股份，因為他不過是整個亨姆廉家族的旁支，只擁有一半的血緣關係，無權干涉家族的任何事業。他在遊樂場裡頂多只能充當臨時保母或操控旋轉木馬，而大部分的時間，他還是擔任入場券的剪票員。

「你看起來好像很寂寞，也沒有的事可做。」亨姆廉家族的其他人經常以他們友善的方式關心亨姆廉先生，「如果你經常幫助別人，或是多與別人接觸，或許可以讓你振作起來。」

「可是我一點也不寂寞。」亨姆廉先生試著向他們解釋：「我根本沒有時間覺得寂寞，因為一天到晚都有人跑來鼓勵我，要我開心一點！如果你們不介意的話，可不可以……」

「很好！這樣就對了！」亨姆廉先生的親戚

在他的背上用力拍了幾下，「這就是重點！千萬不要感到寂寞！隨時隨地都要充滿活力！」

亨姆廉先生就這樣日復一日的在入場券上打洞，夢想著可以快點變老，趕緊領到退休金，擁有屬於自己的寧靜時刻。

遊樂場裡總是相當熱鬧，陀螺到處旋轉、喇叭聲隨時響起，賈夫西家族、霍姆伯家族和米寶家族等幾乎每晚都來遊樂場報到，在雲霄飛車上放聲尖叫。布柏家族的艾德華在摔盜器比賽中奪得冠軍，還有成天過著夢幻生活的亨姆廉家族不停跳舞、吵鬧、歡笑、爭執、吃喝。漸漸的，亨姆廉先生越

來越不喜歡那些製造各種噪音的人群。

亨姆廉先生一直住在亨姆廉家族的兒童宿舍裡。白天，兒童宿舍是個明亮又舒服的地方，可是一到了晚上，當小孩子醒來之後，房間裡就充滿了嘈雜的哭鬧聲。亨姆廉先生只好演奏手風琴安撫他們。

在亨姆廉先生空閒的時候，親戚就會叫他幫忙打雜。在住滿亨姆廉家族的大房子裡，隨時會有一大堆事情需要人幫忙處理，因此亨姆廉先生必須隨傳隨到，提供服務。亨姆廉家族的每個人總是精神抖擻，一天到晚對著亨姆廉先生訴說他們心裡的想法、過往的事蹟，還有未來的計畫。但是那些人都只顧著自己說，根本不在乎亨姆廉先生怎麼回答。

「我還要多久才會變老？」有一次，亨姆廉先生在吃晚餐時問他叔叔。

「變老？你？」他叔叔看了他一眼，大聲的說：「還久呢！打起精神來！年老只是一種心理狀態，如果你覺得自己老，才會真的變老。」

「可是我覺得自己已經很老了。」亨姆廉先生滿心期望的表示。

「別說了，今晚我們要放煙火，你快去幫忙準備一下。」亨姆廉先生的叔叔說：「銅管樂隊會表演一整晚，直到明天太陽升起！」

然而，那天晚上並沒有施放煙火，因為從下午開始就下起了傾盆大雨，持續了整個晚上。到了第二天，雨還下個不停，就這樣下了一整個星期。

事實上，那場雨連續下了八個星期，是一場前所未見的大雨。

遊樂場在連續大雨的沖刷下漸漸褪色，宛如一朵枯萎的花朵，不僅變得黯淡無光，連器材也開始生鏽崩壞，甚至慢慢傾斜，因為它蓋在沙地上。

雲霄飛車的鐵軌扭曲變形，旋轉木馬也全泡在灰色的泥漿池子裡，遊樂場裡許多小玩意兒最後都被雨水積成的小河沖走，一去不再回頭。托夫特、伍迪、霍姆伯、米寶以及其他家族的孩子，只能把鼻尖貼在窗玻璃上，哀傷的看著窗

外。原本可以盡情玩樂的七月，因為大雨而完全泡湯了，遊樂場裡五顏六色的裝飾和熱鬧的音樂也都遭沖刷殆盡。

遊樂場的「鏡屋」倒了，在水窪裡裂成許多碎片；「奇蹟花園」裡的粉紅色紙玫瑰也全部遭雨水打落，一朵朵漂在水面上，慢慢往外面流去。這些慘不忍睹的景象，讓孩子們難過得嚎啕大哭起來。

孩子這麼傷心，他們的父母也很難受，因為他們除了哀悼化為烏有的遊樂場之外，沒有別的事情可做。

雨水打濕的旗幟和洩氣的氣球紛紛從樹上掉下來，「歡樂屋」裡塞滿了污泥，裡頭飼養的三頭怪鱷順著河流游回大海，留下兩顆原本以漿糊黏上的假鱷魚頭。

亨姆廉家族將眼前的一切當成不得了的趣事來看待。他們站在窗戶前，指向大雨摧殘的一

切，不停的大笑和拍擊對方的背，大聲嚷嚷著：「你們看！『阿拉伯之夜』的簾幕漂往那邊去了！舞台也垮掉了！還有那五隻在菲力強克夫人屋頂上的黑色蝙蝠，是從『恐怖洞』裡逃出來的！你們看過這麼有趣的景象嗎？」

他們甚至決定不要重建遊樂場了，他們想在這個地方改建一座溜冰場。當然，要等積水結成冰之後才行。他們也安慰亨姆廉先生，等溜冰場改建完成之後，就會聘請他繼續擔任入場券剪票員。

「我不要。」亨姆廉先生聞言後馬上拒絕：「不不不！我一點都不想當剪票員！我只想領到退休金，好去做我自己想做的事。我希望搬到非常安靜的地方，自己一個人過獨居生活。」

「親愛的姪兒，你這句話可是出自真心？」亨姆廉先生的叔叔驚訝的問。

「是的。」亨姆廉先生說：「我所說的每一個字都出自真心。」

「你為什麼不早點告訴我們你的想法呢？」另外一位親戚問：「我們還以為你過得非常快樂。」

「我以前不敢說。」亨姆廉先生向大家坦承。

這個答案又引起亨姆廉家族的一陣大笑。他們覺得亨姆廉先生實在太可笑了，只因為無法提起勇氣告訴大家自己的想法，就被迫一直做著他不喜歡的工作。

「原來如此，那麼你現在想做什麼呢？」亨姆廉的一位阿姨笑著問他。

「我想要蓋娃娃屋。」亨姆廉先生小聲的回答：「一間全世界最漂亮的娃娃屋，屋子裡有許多房間，每個房間都安靜肅穆，沒有其他東西。」

這一次，亨姆廉家族的大夥兒全都笑到站不住，不得不坐到椅子上。他們笑著用手肘推推彼此，大聲喊著：「娃娃屋！你們聽見了嗎？他想蓋一間娃娃屋！」

他們笑到眼淚都流出來了，才對亨姆廉先生說：「年輕人，你就照著自己的意思去做吧！我們決定把老祖母的大公園交給你使用，那個地方現在安靜得像墳場一樣，很適合你好好思考自己想要做些什麼事，實現心中的夢想！祝你好運，希望你會喜歡那個地方！」

「謝謝你們！」亨姆廉先生說，心裡感到一絲膽怯，「我知道你們一直都在為我著想！」

亨姆廉先生原本渴望打造娃娃屋的夢想，這時突然破滅了。亨姆廉家族的大夥嘲笑他，將他的夢想瓦解粉碎。但亨姆廉家族其實都不是壞人，如果有人告訴他們，亨姆廉先生的夢想因為訕笑而破滅，一定會發自內心向亨姆廉先生致歉。可惜沒有人告訴他們，他們已經深深傷害了亨姆廉先生。這件事情或許可以證明一件事：太早告訴別人自己心中的夢想和秘密，是一件非常冒險的事。

失去夢想的亨姆廉先生獨自前往老祖母的大公園。鑰匙就在他的口袋裡，這個地方現在完全屬於

他一個人的。

自從老祖母的家被煙火引發的火災燒毀之後，這座大公園就一直無人使用。老祖母與她的家人也已經遷移到其他地方定居。

由於那已經是好久以前的事了，因此亨姆廉先生不太確定前往公園的路是否正確。

大公園裡的樹木長得又高又大，道路與小徑都淹沒在水中。當亨姆廉先生涉水前進時，雨也悄悄的停止了，就如同八個星期前開始下雨那般突然。但是亨姆廉先生完全沒發現，他的心正因為失去夢想而難過不已，也為自己放棄打造娃娃屋的夢想感到十分遺憾。

他來到大公園的高牆外，雖然圍牆的某些部分已經傾斜，但還是高不可攀。大門也老舊生鏽得難以打開。

亨姆廉先生走進大公園裡，轉身重新鎖好大門。突然間，他將娃娃屋的事情完全拋諸腦後。這是他有生以來頭一次打開屬於他自己的門，並再度關上它。他終於回到

TOVE

屬於自己的家，而不是哪個親戚的房子。

烏雲漸漸散去，太陽重新露臉。雨後潮濕的公園地面冒出熱氣，閃爍著燦爛的光芒。已經好長一段時間不曾有人修剪樹枝、拔除雜草，大公園裡到處是綠意盎然的濃蔭。茂盛的樹枝往下垂落到地面，灌木則是纏繞在樹幹上。草坪旁邊有一條小溪，是老祖母住在這裡時特別引入庭院的水源。大公園關閉之後，亨姆廉家族的人就忙著各自的事情，無人前來整理環境。但是，即使小徑都被雜草覆蓋，小橋依然屹立不搖。

亨姆廉先生開心的徜徉在充滿綠意的寧靜大公園，他在這個屬於自己的新天地裡不停的跳舞、翻滾、旋轉，感受到前所未有的年輕氣息。

「年老之後領取退休金的感覺真是太美好了！」亨姆廉先生心想：「我的親戚對我真好，我好喜歡他們。不過，我現在已經不需要再想到他們了！」

亨姆廉先生穿越閃閃發光的草地，擁抱身旁的樹幹。最後，他躺在大公園中央的空地，在溫暖的陽光下小睡片刻。老祖母的家原本就蓋在這片空地上，她以前經常舉辦煙火派對，但那些都已經是陳年往事了。亨姆廉先生被包圍在新生的樹木之中，而以前老祖母臥房的位置，現在則生長著一大片薔薇，還結了數百顆紅色果實。

黑夜悄悄降臨，夜空中出現又大又亮的星星，讓亨姆廉先生越來越喜歡這座屬於他的大公園。這裡既寬敞又充滿神祕感，即便迷了路，還是會覺得像在自己家裡自在舒適。

亨姆廉先生在星光下悠閒的散步了好幾個小時。

他無意間發現了老祖母以前的果園，果樹底下滿是蘋果和梨子。亨姆廉先生望著那些水果，忍不住想：「真可惜！我一個人也吃不完！」然而他隨即又拋開了這個念頭，沉醉在一個人的寧靜世界裡。

現在，連投射於大地的月光也是亨姆廉先生的所有物，他憐愛著最美麗的樹木，甚至用樹葉和花瓣編成花環，戴在自己頭上。亨姆廉先生入住大公園的第一個夜晚，整個人興奮得無法成眠。

隔天一大清早，亨姆廉先生聽見叮叮咚咚的鈴聲，那聲音是從老祖母掛在公園大門上的舊門鈴發出來的。亨姆廉先生頓時不安了起來，因為門外的人搖動門鈴，就表示想要進到大公園內，並且有事相求。亨姆廉先生躲進高牆邊的樹叢後方，一言不發的等待著。門鈴再度響起，亨姆廉先生探頭一看，一名身形嬌小的霍姆伯站在門前。

「請你離開。」亨姆廉先生煩躁的說：「這裡是私人土地！我住在這裡！」

「我知道！」霍姆伯回答：「是亨姆廉家族派我來的，我帶了食物來給你吃。」

「原來如此。他們人真好！」亨姆廉先生歡欣的回答，隨即開門，從霍姆伯手中接過裝滿食物的籃子，然後又關上門。霍姆伯什麼話都沒說，依然站在大門前不動。

「你近來過得如何呢？」亨姆廉先生不耐煩的客套問道，他很想馬上轉身走進他的大公園內。

「糟透了！」霍姆伯老實的說：「大家都很難過。我們這些小孩子都因為失去了遊樂場而悲傷不已。」

「噢。」亨姆廉先生低頭看看自己的腳。他不願想起悲慘的往事，但是他已經習慣聆聽別人對他傾訴心事，不好意思扭頭就走。

「你一定也很難過吧？」霍姆伯以同情的口吻說：「你總是站在門口剪票，而且每當你看見衣著破爛的窮孩子，就會故意在他們的票上打歪，好讓他們可以重複使用兩、三次。」

「那是因為我的眼睛不好。」亨姆廉先生解釋：「我猜你的家人一定在等你吧？快點回去吧！」

霍姆伯點了點頭，依舊站在原地不動。過了一會兒，他突然靠近門邊，鼻子穿進大門柵欄的縫隙，小聲的說：「我有個祕密一定要告訴你。」

亨姆廉先生感到害怕起來，他一點都不喜歡聽別人分享祕密。可是霍姆伯繼續興奮的往下說：「我們在大雨中找回了很多東西，現在全部堆放在菲力強克的小屋裡。你絕對無法想像我們做了多少事。為了搶救這些東西，花了不少心力。我們在黑夜裡冒著大雨出門，將各種東西從水裡撈起來，或是從樹上拿下來，再加以晒乾、修復。現在它們都差不多恢復原本的狀態了。」

「你說的是什麼東西？」亨姆廉不明白的問。

「當然是遊樂場的東西啊！」霍姆伯大喊：「也許聽起來很誇張，但是我們已經將搶救到的東西都好好保留下來了！你一定很驚訝吧？我相信亨姆廉家族一定願意為我們重組這些東西。這麼一來，你又可以回來剪票了。」

「嗯。」亨姆廉先生心不在焉的回應了一句，並且將裝著食物的籃子放到地上。

「多棒啊！你又可以繼續原本的工作了。」霍姆伯說完開心的笑了起來，這才揮揮手轉身離開。

第二天早上，亨姆廉先生不安的站在大門前等待霍姆伯出現。當他看見提著籃子走來的霍姆伯時，立刻急忙開口：「你問過他們了嗎？他們怎麼說呢？」

「他們不願意。」霍姆伯低著頭失望的說：「他們打算興建溜冰場取代遊樂場。可是溜冰場對我們來說沒什麼用，我們大部分都需要冬眠，就算是不需冬眠的人，也不知道要上哪兒去找溜冰鞋。」

「這實在太糟了。」亨姆廉先生嘴上表示同情，心裡卻鬆了一口氣。

霍姆伯沒有再多說什麼，他太過失望了，將籃子放在地上後就轉身離開。

「可憐的孩子。」亨姆廉先生一瞬間同情的想：「不過這樣也好。」接著他開始計畫起在老祖母家的空地上蓋一棟小屋的事。

他花了整天的時間，開心搭建自己的小屋。他認真的工作，直到天色完全變暗才停下來休息，帶著疲憊的身體和滿足的心靈入睡，睡得又香又甜。

第二天早晨，亨姆廉先生來到大門領取食物時，霍姆伯已經在那裡等候多時。食物籃上放著一封信，是許多孩子連署寫給他的。「親愛的遊樂場剪票員叔叔，」他讀著那封信：「因為你是好人，我們要把一切都送給你。也許你會願意陪我們一起玩，我們大家都很喜歡你。」

亨姆廉先生不太明白這封信的意思，但是他心中萌生一種不安的感覺，肚子開始隱

隱作痛。

這時候他才看見大門外堆滿了孩子從遊樂場裡搶救回來的東西。那些東西多得像座小山，大部分都破破爛爛的，早已不是原本的模樣。因為孩子試圖將它們重新拼湊起來，每樣東西看起來都相當奇怪，簡直像是一堆由破木板、帆布、鐵絲、紙板和生鏽鐵片組成的廢物。這堆廢物以絕望的表情望著亨姆廉先生，他也忍不住驚恐的回看它們。

亨姆廉先生急忙逃回大公園裡，繼續專心搭建他的小屋。

儘管他努力工作，但是什麼事都做不好。他的思緒已經飄到別的地方，突然間，興建中的小屋屋頂塌了下來，整棟小屋也跟著粉碎瓦解。

「不行！我好不容易才學會拒絕別人。再說我已經退休了，只想做自己喜歡的事情，其他的我一律不管！」

儘管亨姆廉先生不斷這樣告訴自己，他最後還是起身跨過公園，打開門鎖，將門外那些破銅爛鐵全部拖進園內。

＊

孩子們肩並著肩坐在大公園的高牆上，看起來就像是一群灰色的麻雀，卻不如麻雀般吵鬧，只是靜靜坐著觀看亨姆廉先生工作。

偶爾會有人忍不住開口問：「他現在在做什麼？」馬上會有人豎起手指說：「安靜！他討厭別人說話打擾他。」

亨姆廉先生將燈籠和紙玫瑰掛在樹上，把破損的地方轉到背面，不讓別人發現。接著開始蒐集旋轉木馬的殘骸，但是殘存的零件無法完整拼湊，甚至半

數以上的組件都已經遺失了。

「這些東西完全沒有用處了！」亨姆廉先生忍不住生氣的大喊：「你們看不出來嗎？它們只是破銅爛鐵，一點用都沒有！無論你們找回多少都湊不起來了。」

高牆上的孩子又開始竊竊私語，但是亨姆廉先生一個字也沒聽見。

他打算將旋轉木馬改裝成一間新的小屋，他將木馬擺在草地上，天鵝放在小溪裡，再上下倒置其他設備，整個人忙得焦頭爛額。「都是娃娃屋的錯！」亨姆廉先生苦澀的想：「結果害我和這堆破銅爛鐵糾纏不清，旁邊還有一大堆嘰嘰喳喳的孩子，簡直和我以前的人生一樣……」

一想到這裡，亨姆廉先生就忍不住朝著高牆咆哮：「你們還坐在那裡看什麼？快點幫我跑一趟亨姆廉家，告訴他們我明天不需要食物，請他們改送一些鐵釘、鐵鎚、蠟燭、繩子和五公分厚的木板給我。拜託他們盡快準備！」

那些孩子聽到之後，立刻開開心心的跑開。

「我們不是早就說過了嗎？」亨姆廉先生的親戚彼此拍著肩膀說：「他最後一定

會無聊得想找點事情做！可憐的傢伙，他一定還想念著他的遊樂場。」

於是亨姆廉先生的親戚不但準備了雙倍的工具和材料，還送來一個星期份量的伙食。他們另外又準備了十公尺長的紅色天鵝絨布，金銀兩色的紙張各一大捲，以及一台手風琴。

「我不需要手風琴！我討厭任何會發出聲音的東西！」亨姆廉先生一口拒絕。

「對，不需要手風琴。」孩子們也異口同聲的表示，將手風琴留在大公園的門外。

亨姆廉先生利用這些工具和材料努力組合、搭建。他漸漸喜歡上這個工作，儘管這與他原本的意願完全相悖。他在每棵樹掛上破碎的鏡片，鏡片在空中隨風搖擺，閃閃發光。亨姆廉先生又在樹枝上做了小小的長板凳，就像是舒服的小巢，孩子們可以在那裡啜飲果汁、小憩片刻。然後他又在粗大結實的樹枝上掛了鞦韆。

雲霄飛車的鐵軌比較難修復，大部分零件都遺失了，新的軌道不到原本長度的三分之一。但是亨姆廉先生自我安慰，認為這麼一來，再也不會有人在搭乘雲霄飛車時害怕得尖叫了。他甚至在最後一段做了改良，讓雲霄飛車衝進小溪，這樣一來，大家會覺得更好玩。

儘管雲霄飛車的鐵軌變短了，但光靠亨姆廉先生一個人來安裝還是非常困難，他好不容易才架好這一端，另一段又鬆脫掉落。最後亨姆廉先生終於忍不住大喊：「誰快點過來幫我？我可沒辦法同時做好十件事！」

孩子們聽了，立刻從高牆上跳下來幫忙。

從此以後，他們同心協力打造新的遊樂場。亨姆廉先生的親戚也不斷送來食物，足夠讓孩子們整天在大公園裡幫忙又不會挨餓。

每天太陽下山之後，他們就會各自回家去，等到隔天太陽升起時又回到大公園來幫忙。

有一天早上，孩子們牽著一條鱷魚來到大公園。

「這隻鱷魚會不會吵鬧？牠會乖乖保持安靜嗎？」亨姆廉先生狐疑的問。

「當然！」霍姆伯向亨姆廉先生打包票，「牠不會說話，而且原本黏在牠身上的兩顆假頭不見了。牠現在安靜又友善。」

又有一天，菲力強克的兒子在壁爐裡發現一條巴西大蟒蛇，由於大蟒蛇很溫和，所以他就帶著牠來到了大公園。

每個孩子都為亨姆廉先生的遊樂場帶來奇怪的東西，或者只是準備蛋糕、鍋子、窗簾、糖果等。每天一大清早，孩子就會帶著禮物上門，久而久之就成了習慣。只要是不會發出噪音的東西，亨姆廉先生都樂於接受。

不過，除了這些孩子以外，亨姆廉先生不准其他人踏進大公園圍欄的大門。

在大家的努力之下，大公園變得越來越棒，到處充滿夢幻的氛圍。大公園的正中央是亨姆廉先生居住的旋轉木馬小屋，雖然看起來相當炫目華麗，實際上卻歪歪扭扭的矗立著，看起來像是被揉成一團的漂亮糖果紙。

在旋轉木馬小屋的後方，則是一大叢薔薇，上面長了許多漂亮的紅色果實。

＊

在某個美麗又平靜的黃昏，大公園裡的遊樂場完工了！大家完成了所有工作，但是完工之後的輕鬆感，卻讓亨姆廉先生無比的空虛和感傷。

他們點亮燈籠，打量辛苦工作後的成果。

碎鏡和金紙銀紙在陰暗的大樹間閃閃發亮，游泳池、小船、隧道、蜿蜒的鐵路、果汁吧、鞦韆、跳水台、可以攀爬的大樹、蘋果園……所有的設施都已經準備就緒，就等客人上門。

「這些都是你們的！」亨姆廉先生展開雙臂對孩子們說：「但是請大家記得，這裡不是遊樂場，而是安靜的大公園。」

孩子們馬上開心的奔向自己參與打造的遊樂器材，每個人都安安靜靜的玩耍。霍姆伯轉身問亨姆廉先生：「你真的不介意沒有人拿入場劵讓你剪嗎？」

「我一點也不介意。」亨姆廉先生回答：「我什麼都不想剪。」

他走進自己的旋轉木馬小屋，點亮「歡樂屋」遺留下來的月亮造型燈，輕鬆躺在菲力強克家族的吊床上，從天花板上的大洞凝望著夜空中的星星。

屋外一片寧靜，只有小溪流動與夜風吹拂的聲音。

亨姆廉先生突然感到有點不安，連忙坐起身子專心傾聽，結果還是什麼聲音都沒有。

「難道他們覺得很無趣嗎？」

亨姆廉先生不禁擔心的想：「因為我不允許歡呼尖叫，他們無法盡情享樂嗎？還是他們都回家去了呢？」

亨姆廉先生跳到賈夫西家的舊衣櫃上，從牆上的小洞望向屋外。還好！孩子都沒有回家。公園裡充斥著窸窸窣窣的聲音，大夥兒祕密又開心的玩樂著。亨姆廉先生聽見水花濺起的聲音、刻意壓低的笑聲、模糊隱約的墜地聲，還有啪搭啪搭的腳步聲。沒錯，大家都玩得很高興。

「明天我一定要告訴他們，大家可以自由歡笑，如果想唱歌也可以，但是不准發出其餘聲音，絕對不行。」亨姆廉先生心裡如此盤算著，便又悄悄的爬下舊衣櫃，回到吊床上躺好。如今他沒有煩惱，很快就進入了甜甜的夢鄉。

*

亨姆廉先生的叔叔站在大公園上了鎖的大門外。他從柵欄的縫隙偷看公園裡的動靜，但是什麼都看不到。

「為什麼沒有聽見孩子們的笑聲與尖叫聲呢？」他好奇的想：「不過，如果一個人可以按照自己喜歡的方式生活，才是最快樂的吧？我這個可憐的姪兒真是古怪的傢伙。」

他彎下腰，把放置在大門外的手風琴帶回家去。他最喜歡音樂了！

第六章

透明的孩子

在一個飄著細雨的陰暗黃昏，姆米一家人圍坐在陽台桌邊，挑選當天採收回來的蘑菇。大桌子上覆蓋著報紙，正中央擺著散發出柔和光線的煤油燈，但是陽台的角落還是有點黑。

「米妮又摘到嗆辣胡椒菇了。」姆米爸爸說：「我記得她去年還摘了很多捕蠅菇。」

「我們只能希望明年秋天的時候，米妮可以多摘些草笠菇，而非這些含有劇毒的菇類。」姆米媽媽表示。

「最好的希望，往往得到最壞的結果。」米妮說完之後便笑了出來。

大家又繼續安靜的整理蘑菇。

大門的玻璃窗上突然傳來幾聲輕輕的敲擊聲，他們還來不及詢問門外是誰，杜滴滴就逕自走進了屋裡，並且甩掉雨衣上的水珠。她撐住敞開的大門，對著屋外說：「好了，快進來吧！」

「你帶了誰過來？」姆米托魯問。

「這位是尼尼。」杜滴滴回答：「沒錯，她的名字是尼尼。」

杜滴滴的手依舊撐在門上，但是等了半天，沒有人走進屋內。

「好吧，既然尼尼這麼害羞，就讓她暫時站在屋外好了。」杜滴滴聳聳肩說。

「這樣她全身都會淋濕的。」姆米媽媽說。

「透明的孩子應該不會被雨淋濕吧？」杜滴滴說著，走到桌邊坐下。姆米一家全都放下手邊的工作，等著她進一步說明。

「相信你們應該都知道，如果一個人受過太多驚嚇，有時會

因此失去形體，變成透明人。」杜滴滴說完，拿起一個雪球般的白色蛋狀蘑菇，一口氣吞進肚子裡，「尼尼以前曾經被一位女士嚇壞。那位女士雖然負責照顧，卻不是真心喜歡她。我見過那位女士一次，她簡直就是個討厭鬼。儘管她不是那種會亂發脾氣的火爆個性，但我覺得那種人還比較容易了解。那個女士的性情冰冷，喜歡諷刺別人。」

「什麼是諷刺？」姆米托魯問。

「這個嘛，比方說，如果你踩到爛蘑菇而滑倒，一屁股跌坐在整籃剛摘下的新鮮蘑菇上。」杜滴滴向姆米托魯說明：「在正常情況下，你媽媽會大發雷霆，對不對？但是那位女士不一樣，她會冷冷的說：『我知道你非常喜歡跳舞，但可不可以請你好心一點，不要在別人的食物上跳舞。』就像這樣。」

「好討人厭的感覺喔！」姆米托魯嫌惡的說。

「沒錯！」杜滴滴點點頭說：「那位女士說話總是帶刺，害得尼尼開始變得蒼白，起初她只是失去身體邊緣，後來漸漸的消失不見。上個星期五，尼尼整個人已經完全透明了，所以那位女士帶著尼尼來找我，說她沒辦法繼續照顧一個看不見的孩子。」

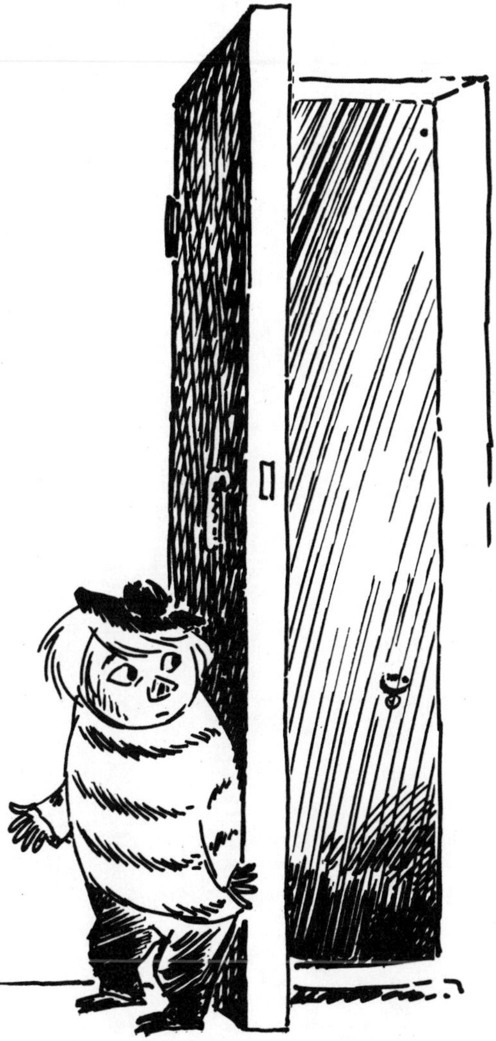

「那妳當時怎麼對付那位女士？」米妮瞪大眼睛問：「妳有沒有狠狠敲她的頭？」

「這種方法對於喜歡諷刺人的女士根本沒有任何作用。」杜滴滴回答：「當然，我只好帶尼尼回家照顧。今天我帶尼尼過來，是希望你們能夠幫助她回復原本的樣貌。」

屋裡陷入一片寂靜，唯一的聲音就是雨水打在陽台遮雨棚上的啪啪聲。大夥兒都看著杜滴滴，思索著她剛才所說的話。

「那孩子會說話嗎？」姆米爸爸問。

「不會，但是那位女士在尼尼的脖子上掛了一個銀色的鈴鐺，所以你們可以從鈴聲分辨出尼尼在什麼地方。」

杜滴滴說完後再次打開大門。「尼尼！」杜滴滴對著屋外的黑暗大喊一聲。

涼爽的秋意從大門流竄進屋內，屋裡的燈光照在濕漉漉的草坪上，形成一塊四方形的光影。過了一會兒，屋外傳來一陣猶豫不決的微弱鈴聲，聲音跨上了階梯，停駐在門口。一個繫在黑色蝴蝶結上的銀色鈴鐺出現在大門前的半空中，從小小的蝴蝶結看來，尼尼的脖子八成很細。

「好了，別害怕。」杜滴滴對著尼尼說：「這裡就是妳的新家。雖然姆米一家人有時候會做一些蠢事，但是大致上而言，他們是心地善良的好人。」

「替尼尼拿把椅子來吧！」姆米爸爸對姆米托魯說：「她知道如何挑選蘑菇嗎？」

「老實說，我對尼尼的事情不太清楚。」杜滴滴回答：「我只負責帶她來這兒，並且告訴你們我知道的一切。我還有事要去處理。歡迎你們有空的時候到我家來坐坐，讓我知道你們和這個孩子相處的情況。再見了。」

杜滴滴離開後，姆米一家全都盯著那個飄浮在空椅子上的銀色鈴鐺，不知道該說什麼。不久，一顆蘑菇從蘑菇堆中慢慢飄起，一雙無形的手正拿著蘑菇，細心的清除上面的松葉與泥土，接著將它切成小塊，放進旁邊的盤子中。接著，他們又看見另一顆蘑菇從蘑菇堆中飄起。

「這真是太神奇了！」米妮敬畏的表示：「快拿點東西給她吃！我想看看當她吞東西的時候，我們能不能看得見食物！」

「有什麼方法可以讓她恢復原本的樣貌呢？」姆米爸爸擔心的問：「我們應該帶她去看醫生嗎？」

「我想應該不需要吧。」姆米媽媽說：「我相信尼尼短時間之內還不想讓別人看見。杜滴滴剛才說過了，這個孩子很害羞，所以在她習慣這裡之前，我們應該先讓她保持透明的狀態。」

事情就這麼決定了。

由於姆米家的東閣樓是空的，姆米媽媽就在那兒為尼尼準

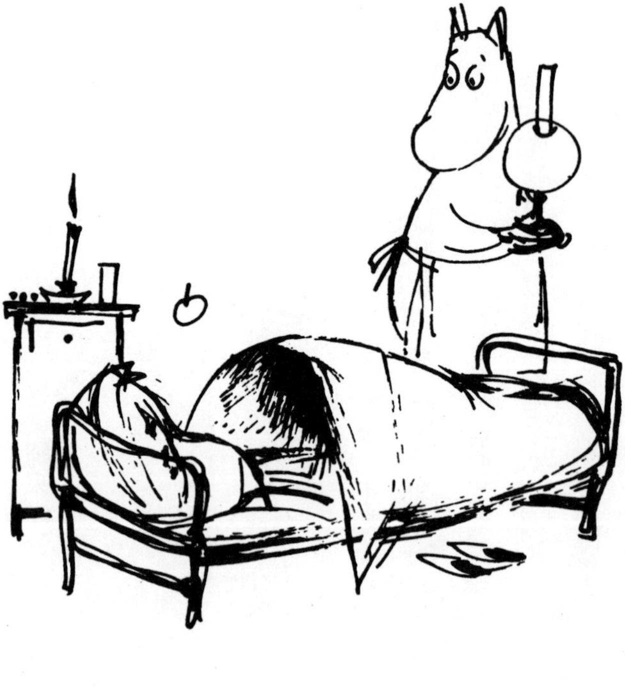

備了一張床。姆米媽媽帶尼尼上樓時，跟隨在身後的銀鈴聲讓她想起以前住在家裡的貓咪。姆米媽媽在尼尼的床邊準備了一顆蘋果、一杯果汁和三顆糖果。姆米家的每個人睡覺前都會得到這些食物。

姆米媽媽點燃蠟燭，對尼尼說：「晚安，尼尼。妳想睡多久就睡多久，我們隨時都會幫妳準備好熱茶。如果妳需要開心一點，或者任何東西，請下樓來找我們，並且搖搖妳的鈴鐺。」

床上的棉被隨即微微隆起，看起來像是一座小山，枕頭上也出現微微的凹陷。姆米媽媽下樓之後，回到自己的房間，拿出奶奶留下的「家庭常備藥」筆記本。姆米媽媽仔細翻閱，裡面有治療許多症狀的藥方：眼睛不舒服、心情抑鬱、感冒……可惜這些都幫不上忙。姆米媽媽繼續往下翻閱，終於被她找到了。當時年事已高的姆米奶奶，用她顫抖的手在筆記本最末頁寫著：當某人的身體消失或變成透明時的治療方法。好極了！姆米媽媽仔細閱讀，雖然這種藥方相當複雜，但是為了治好尼尼，姆米媽媽馬上開始動手調製。

＊

清脆的鈴聲終於出現在樓梯間，帶著些許遲疑與不安，一步步走下樓。姆米托魯等了整個早上，終於等到鈴聲出現。但是讓姆米托魯大感驚訝的不是鈴聲，而是一雙出現在樓梯上的小腳。尼尼的腳相當小巧可愛，腳趾緊張得縮成一團。然而，尼尼身體的其他部分還是沒有出現，使得畫面看起來有點詭異。

姆米托魯躲在壁爐後面，望著那雙奇怪的小腳經過他的面前，慢慢走向陽台。尼尼替自己倒了一杯茶。姆米托魯看著茶杯緩緩飄到空中，接著又回到桌面。尼尼吃了塗上橘子果醬和奶油的麵包。她用完餐後，茶杯和盤子又一路飄進廚房，清洗乾淨，再整齊的收納至櫥櫃中。看來尼尼是一個很有禮貌而且懂事的好女孩。

姆米托魯飛快衝到院子裡，大聲的說：「媽媽！尼尼有腳了！我看見她的腳了！」

姆米媽媽正在高高的樹上摘蘋果，她心想：「太好了，奶奶果然有兩把刷子，她的藥方真不賴！既然現在已經看出成效，我相信尼尼將來一定會康復的。」

「好極了！如果我們也能看見尼尼的臉就好了！」姆米爸爸開心的表示：「和一個透明人說話，總讓我有點不自在，加上她也無法開口回答我們的問題。」

「親愛的，說話小聲一點。」姆米媽媽提醒姆米爸爸。這時，尼尼的小腳出現在樹下散落著蘋果的草坪上。

「早啊！尼尼！」米妮大聲說道：「妳睡得像豬一樣久耶。妳什麼時候可以讓我們看看妳的鼻子？妳一定是有一副醜樣子，才不想讓大家看見妳吧？」

「閉嘴！」姆米托魯低聲阻止米妮：「妳會傷到她。」他立刻跑到尼尼面前表示：「妳別介意米妮說的話，她這個人沒什麼熱情，個性很冷淡。只要妳住在我們家，就不必煩惱任何問題，也不用去回想那位恐怖的女士，她絕對不會過來這裡帶走妳……」

姆米托魯說到這裡時，尼尼的腳又開始褪色變成透明，大家的視線可以穿越她的雙腳，直接看到草地。

「傻孩子，你不應該讓尼尼想起以前不快樂的事情。」姆米媽媽說：「好了，快點去撿蘋果吧，別在這裡胡說八道了。」

大夥兒又開始撿蘋果。

過了一會兒，尼尼的腳才再度出現，爬到一棵樹上。

這是一個晴朗的秋天早晨，雖然樹蔭底下有些寒冷，但是陽光就像夏天般明亮溫暖。經過昨夜的雨，樹木和草地的顏色顯得格外明豔青翠。大夥兒從樹上搖下蘋果，再撿進籃子裡。姆米爸爸搬來最大的攪拌器到院子裡來，大家就開始製作蘋果餡。

姆米托魯負責轉動把手，姆米媽媽將蘋果一顆顆放進攪拌器中，姆米爸爸再把裝滿蘋果餡的玻璃罐搬到陽台上。小小的米妮坐在樹上，大聲哼唱著「大蘋果之歌」。

突然間，傳來玻璃瓶的碎裂聲。

原本擺在陽台上的玻璃罐碎了，玻璃碎片混著蘋果餡散成一地。在這個混亂的畫面旁，一雙小腳正迅速失去色

彩。

「沒關係，沒關係！」姆米媽媽說：「過去我們經常拿那個罐子裝東西給大黃蜂，但現在已經不需要了。再說，奶奶以前經常告訴我們，如果你希望大地生長出豐碩的果實，就必須在秋天的時候先送禮物給它。」

尼尼的小腳又出現了，上頭還連著一雙纖細的小腿。在小腿的上方，大夥兒還可以隱約看見尼尼的棕色裙襬。

「我看見尼尼的小腿了！」姆米托魯興奮的說。

「恭喜啊！真不錯呢！」米妮從樹上往下看，又說道：「可是妳為什麼要穿棕色的醜裙子呢？」

姆米媽媽聽了之後，突然又想起奶奶在「家庭常備藥」筆記本裡記載的藥方。

尼尼一整天跟在大夥兒身後，大家也慢慢習慣了她身上發出的銀鈴聲，不再覺得透明的尼尼是個怪人。

到了黃昏，大家早已不認為尼尼有什麼不對勁。而當晚上大家進入夢鄉時，姆米媽媽悄悄拿出自己的粉紅色披肩，修改成可愛的小洋裝，再帶著小洋裝來到東閣樓，輕輕放在尼尼床邊的椅子上。姆米媽媽還用剩下的碎布做了一條美麗的蝴蝶結髮帶。

姆米媽媽非常享受把披肩修改成小洋裝的過程，感覺就像是替自己的洋娃娃縫製衣裳。有趣的是，姆米媽媽根本不曉得尼尼頭髮的顏色。會是金色嗎？還是黑色呢？

*

第二天早上，尼尼換上了新衣服。除了她的頭之外，身體其他部位都出現在大家面前。她下樓吃早餐時，先向大夥兒鞠了個躬，輕聲說：「謝謝各位為我所做的一切。」

面對這麼客氣的尼尼，姆米一家反而不好意思了起來，不知道該說些什麼，也不曉得和她說話時應該看往何處。照理說，他們可以看著銀色鈴鐺上方的位置，也就是尼尼的臉和眼睛，但是大夥兒總是不自覺的望著看得見的部位，也就是身體和手腳，因此好像有些失禮。

姆米爸爸清了清喉嚨，代表大家對尼尼說話：「我們也很高興，今天能夠看見尼尼身體更多的部位。如果我們可以看見尼尼身上越來越多部位顯現出來，大家就會更快樂……」

米妮忍不住笑了出來，她用湯匙敲打桌面，對著尼尼說：「太好了！既然妳現在已經會說話了，有沒有什麼話想要告訴我們？或者是妳知道什麼有趣的遊戲嗎？」

「沒有。」尼尼回答：「我也沒有遊戲可以與大家分享，但是我聽說過『遊戲』這種東西。」

姆米托魯聽了之後覺得很有趣，決定把自己知道的各種遊戲都教給尼尼。

吃完早餐之後，姆米托魯和米妮帶著尼尼到河邊玩。結果他們發現了一件事：尼尼根本不會玩遊戲。她不斷的行禮、點頭，認真的回答他們：「好。」「真有趣！」「當然。」但是姆米托魯和米妮都發現，尼尼只是出於禮貌才配合他們，而不是真的玩得很開心。

「跑啊！快點跑啊！妳不會跑嗎？」米妮激動的大喊：「或者妳根本連跳起來都

不會？」

尼尼照著米妮的要求跑跳了一會兒後，垂下雙手站在一旁。尼尼懸掛銀鈴的頸子上方沒有頭，但還是可以感覺到她非常無助。

「世界上怎麼會有妳這種人哪？」米妮氣憤的說：「妳怎麼會一點活力都沒有？妳是不是希望我揍妳的鼻子一拳？」

「我不希望。」尼尼謙遜的回答。

「尼尼不會玩遊戲啦！」姆米托魯在一旁嘟囔著。

「我看她連生氣都不會！」米妮不高興的補了一句，跑到尼尼面

前做了一個可怕的鬼臉，「妳聽著，除非妳學會對抗別人，否則妳永遠無法面對自己！我勸妳要相信我說的話！」

「好，我相信妳說的話。」尼尼有禮貌的回答米妮，但忍不住害怕的往後退了幾步。

＊

這種情況並沒有隨著時間的流逝而好轉。

到了後來，姆米托魯和米妮都放棄教尼尼玩遊戲了。另外，尼尼也不喜歡聽笑話。該笑的時候，尼尼從來不笑。事實上，尼尼根本沒笑過。這一點總是讓說笑話的人相當沮喪，也讓尼尼覺得自己格格不入。

時間一天天過去，尼尼的臉始終沒有出現。大家已經習慣看著她的粉紅色衣裳跟在姆米媽媽身後移動，只要姆米媽媽停下腳步，尼尼的銀鈴也會停止震動；當姆米媽媽開始走動時，銀鈴又會再度響起，飄在尼尼粉紅色衣裳上方的粉紅色蝴蝶結也會跟

著在空中輕盈的飄動。

姆米媽媽持續讓尼尼服用奶奶的藥方，情況卻沒有絲毫進展。過了一段時間，姆米媽媽決定放棄，不再讓她吃藥。反正，很多人沒有頭，日子還不是照樣過得不錯。或許尼尼是因為不漂亮，才不希望讓大家看見她的臉。

他們能自由想像尼尼的容貌，反而拉近了她和大家之間的距離。

有一天，姆米一家人走過森林前往海邊，他們必須在冬天來臨前，將小船拉到沙灘上綁牢。尼尼的銀鈴聲緊緊跟在姆米一家身後。但是當他們來到海邊時，尼尼突然停下腳步，趴在沙灘上，啜泣了起來。

「尼尼怎麼了？是不是被大海嚇到了？」姆米爸爸問。

「會不會是因為她從來沒有見過大海？」姆米媽媽停下腳步，彎下腰對著尼尼小聲的說了幾句話，才又站直身子說：「沒錯，尼尼以前沒看過大海，她覺得海太大了。」

「尼尼真是個蠢小孩。」米妮忍不住碎念著。姆米媽媽聞言後看著米妮說：「不可以隨便批評別人。我們還是快點把船拉上岸吧！」

大家走過碼頭，來到杜滴滴居住的浴場更衣室前，輕輕敲門。

「大家好！」杜滴滴打招呼道：「尼尼還好嗎？」

「她現在只剩下臉還是透明的。」姆米爸爸回答：「不過，尼尼現在的情緒有點激動，過一會兒應該就沒事了。我們正準備拉船上岸，能不能請妳幫個忙？」

「當然沒問題！」杜滴滴一口答應。

大夥兒同心協力將船拉上岸，並且上下翻轉過來。尼尼走到海邊，站在潮濕的沙灘上。姆米一家丟下了她。

姆米媽媽坐在碼頭上休息。她看著眼前的大海，說道：「我的天啊，海水看起來相當冰冷呢！」說完之後

忍不住打了一個哈欠，因為最近幾個星期都沒有什麼有趣的事情。

這時姆米爸爸偷偷對姆米托魯眨了眨眼，躡手躡腳的走到姆米媽媽身後。姆米爸爸想開個玩笑，嚇唬姆米媽媽。

姆米爸爸當然不會真的把姆米媽媽推入海裡，他年輕的時候也經常假裝要推姆米媽媽一把，這是他們過去常玩的遊戲。或許姆米爸爸甚至沒有嚇唬姆米媽媽的念頭，他只是想逗大家發笑。

但是，在姆米爸爸的手觸碰到姆米媽媽之前，他的耳邊就傳來一陣尖叫。大夥兒看見一道粉紅色的身影衝向姆米爸爸，緊接著姆米爸爸發出淒厲的哀嚎，頭上的帽子也掉入大海中。原來是尼尼用她透明的牙齒狠狠咬了姆米爸爸的尾巴。尼尼的牙齒非常尖銳。

「幹得好！」米妮在一旁拍手叫好，「就算我親自動手，大概也沒辦法表現得那麼精采！」

尼尼站在碼頭邊。現在大夥兒終於可以清楚看見她了，她有一張小小的臉，一個可愛的獅頭鼻，以及一頭亂糟糟的紅髮。尼尼有如一隻生氣的貓咪，對姆米爸爸大聲咆哮。

「你竟然敢把姆米媽媽推進可怕的大海中！」她大吼。

「我終於看見尼尼了！她好可愛喔！」姆米托魯興奮的大叫。

「可愛的孩子！」姆米爸爸看向被尼尼咬傷的尾巴，喃喃自語的表示：「無論有沒有頭，她都是我見過最愚蠢、最調皮，也最沒有教養的小孩！」

姆米爸爸跪在碼頭邊，想用棍子打撈漂浮在海面上的帽子，結果一個不小心，整個人就掉進海裡了。

他迅速的從海裡站起身子，耳朵上沾滿了海

裡的泥沙。

「我的天啊！太好笑了！這真是太有趣了！」尼尼看見姆米爸爸的模樣，開心的笑了起來。碼頭的棧橋還因為尼尼開朗的笑聲，輕輕搖晃起來。

「我敢說這孩子一定從來不曾笑得這麼開心。」杜滴滴吃驚的說：「你們真的徹底改變了尼尼，她現在好像比米妮還要難以控制喔！但最重要的是，大家終於可以看見尼尼的模樣了。」

「這一切都要感謝奶奶呢！」姆米媽媽說。

第七章

溜溜的祕密

很久很久以前，真的是很久很久以前，姆米爸爸曾經毫無理由的離家出走，大概連他自己也不明白為什麼。

「那一陣子，姆米爸爸確實變得比較奇怪。」事後姆米媽媽替姆米爸爸解釋道。其實姆米爸爸一直都很奇怪，但是對於難過不解的姆米媽媽來說，這麼想可以讓她稍稍感到安慰。

沒人知道姆米爸爸究竟是何時離開的。

司那夫金說，姆米爸爸當時準備和亨姆廉先生一起划船去釣魚，但是根據亨姆廉先生的說法，姆米爸爸原本和往常一樣坐在陽台上乘涼，卻突然抱怨起天氣太熱、他太無聊，決定去修理碼頭。無論大家怎麼說，姆米爸爸沒有去修理碼頭是事實，因為碼頭依然高低不平，而且姆米家的小船也停在老位置。

這樣看來，姆米爸爸一定是走路離開的。他可以走往各種不同的方向，所以要找到姆米爸爸恐怕很困難。

「只要時間一到，姆米爸爸就會回來的。」姆米媽媽對大家說：「姆米爸爸以前經常這樣對我說，他也的確每次都會回家，所以我相信這次也一樣。」

於是，大家不再擔心失蹤的姆米爸爸。其實這樣也好，姆米一家早就決定不再替彼此操心，這樣他們才能有更開放的心靈與更自由的空間。

姆米媽媽重拾她的編織工作，手上的毛線不再因為焦慮打結。而遠在西方某處的姆米爸爸，則是懷著連自己也不確定的想法到處亂走。

姆米爸爸心裡惦記著某個岬角，他以前曾經和家人到那裡野餐。美麗的岬角直直伸入大海，襯著昏黃的天空，夜風在薄霧中輕輕吹拂。姆米爸爸當時很想去岬角的另一頭探險，可惜因為家人都想趕快回家喝茶，錯失了機會。姆米一家總是會在錯誤的時機嚷著想快點回家。姆米爸爸當時在沙灘上站了好一會兒，眺望

遼闊的大海。就在那時，姆米爸爸看見一艘白色小船，從岬角下方往大海駛去。

「那些是溜溜。」亨姆廉先生當時告訴姆米爸爸。短短的幾個字代表了一切。他說話的時候，口氣帶著一點輕蔑，一點慎重，以及強烈的抗拒感。溜溜是一群行事特異、與眾不同且危險的奇怪生物。

就在那一刻，姆米爸爸對溜溜萌生了強烈的憧憬。他一點也不想回家，也不想坐在陽台邊喝茶。不，他再也不想做這些事了。

雖然那已經是陳年往事，但是那個畫面在姆米爸爸心中揮之不去。於是，他就在某天下午離家出走了。

炎熱的太陽底下，姆米爸爸毫無計畫的走著。

他一點也不敢多想，甚至不敢感受周遭的一切，只是單純的朝著日落的方向前進。他帽沿下方的眼睛瞇了起來，嘴巴吹著不成調的口哨。路面高低起伏不平，兩旁的樹木在風中搖搖擺擺，與姆米爸爸擦肩而過。越往前走，姆米爸爸拖在地上的身影就變得越長。

當太陽沉入大海時，姆米爸爸也走到滿是小石子的岩灘。這裡連一條像樣的道路都沒有，更不可能會有人想來此地野餐。

姆米爸爸是第一次來到這個地方。沉悶的灰色岩灘什麼也沒有，只代表這裡是陸地的盡頭、海洋的起點罷了。姆米爸爸站在大海邊緣，凝望著波浪起伏的遠方。

在這種地方，會有什麼事情發生呢？就在這個時候，一艘白色小船在風中緩緩朝著岸邊駛來。

「他們出現了！」姆米爸爸小聲的對自己說，開始對著溜溜揮手。

船上有三個溜溜，每個都像他們的小船與船帆一樣白白淨淨。其中一個溜溜負責掌舵，另外兩個

溜溜則背對著船桅而坐。他們目不轉睛的望向大海，完全沒有互動，彷彿他們才吵完架。但是姆米爸爸曾聽說過，溜溜彼此間從來不吵架，他們的個性非常安靜，只對旅行有興趣，越遠的地方越吸引他們，像是海角天涯或世界盡頭。另外，也有傳聞說溜溜只關心自己。當雷電交加的暴風雨來臨時，溜溜的身上也會帶電。對於一天到晚坐在客廳裡或是待在陽台上的人而言，溜溜不是好同伴，因為溜溜不像他們總是在固定的時間做相同的事。

自從姆米爸爸聽說溜溜的故事之後，他一直對他們懷著極大的興趣。然而，因為一般人認為公開討論溜溜不是件好事，姆米爸爸只能聽到一些真假莫辨的傳聞。

當姆米爸爸看見溜溜的小船緩緩駛來時，忍不住興奮得渾身發抖。溜溜沒有回應姆米爸爸，他也難以想像溜溜會做出揮手的行為。然而，小船明顯的往姆米爸爸的位置駛來。在一陣輕微的摩擦聲後，小船停靠上了岩灘。

溜溜睜著又圓又蒼白的眼睛盯著姆米爸爸。姆米爸爸脫下帽子，向溜溜解釋他為何而來。當他說話時，溜溜便開始擺動雙手，看得他眼花撩亂。姆米爸爸這才發現自己正不停的述說著世界盡頭、陽台喝茶、追尋自由等無聊話題。姆米爸爸尷尬的閉上嘴，溜溜也跟著停止擺動雙手。

「為什麼溜溜不說話？」姆米爸爸緊張的想：「難道他們聽不見我說的話嗎？還是他們覺得我是傻瓜？」

姆米爸爸雙手伸向溜溜，以友善的聲音向他們打招呼，但是溜溜動也不動。他們的眼睛慢慢變成黃色，有如夕陽西下時的天空。

姆米爸爸只好收回雙手，笨拙的向溜溜行禮示意。

溜溜這時也立刻以莊嚴的態度鞠躬回禮，三個溜溜的動作整齊一致。

「謝謝。這是我的榮幸。」姆米爸爸表示。

他不假思索的爬上白色小船，與溜溜並肩坐在船上。天空是大火燃燒般的橙黃色，和姆米爸爸記憶中的畫面一模一樣。白色小船開始慢慢往大海駛去。

姆米爸爸此生第一次感到這麼輕鬆暢快。他開心的發現自己不用再開口解釋或說明任何事情，也可以不必想任何事，只需單純的坐在船上，注視著一望無際的大海，聆聽海浪的翻騰聲。

當陸地從姆米爸爸的視線消失時，滿月也從海平面上緩緩升起。他從來沒看過這麼巨大且寂寥的月亮，他也驚訝大海竟然如此遼闊，與他以前的印象大不相同。

在這一刻，姆米爸爸有種強烈的感覺，彷彿全世界只剩下天上的月亮、遼闊的大海，以及安靜載著溜溜的小船是真實存在的。

當然，還有海平線。在遙遠的海平線那端，彷彿充滿了不知名的祕密，等著姆米爸爸進行奇妙的探險。姆米爸爸覺得他已經完全自由了。

他決定模仿溜溜，當一個沉默又神祕的人。大家總是尊敬緘默之人，相信這類人必然博學多聞且生活刺激。

姆米爸爸注視著溜溜，他原本想說幾句話，告訴他們自己能理解他們。然而他馬上放棄了這個念頭，因為他想不出任何適當的字眼，足以正確表達出心中的想法。

他記得米寶姊姊曾在去年春天的餐會上批評溜溜，她說：「溜溜過著非常邪惡的生活。」雖然姆米媽媽表示，那只是一種傳說，可是米妮卻表現出高度興趣，想要明白「邪惡的生活」是什麼。就姆米爸爸所知，沒有人能夠正確描述「邪惡的生活」到底是什麼樣子，也許是指溜溜總是過著狂野又自由的生活。

姆米媽媽說，她不相信邪惡的生活會帶來什麼樂趣，但是姆米爸爸有不同的想法。「那些傢伙和閃電有某種關係。」米寶姊姊斬釘截鐵的表示：「他們還可以讀出別人心裡的想法，這是不被允許的。」大夥兒聊著聊著，話題轉移到了其他事情上頭。

姆米爸爸瞥視溜溜一眼，發現他們又開始擺動雙手。「真可怕！莫非他們正用雙手讀取我的心思？他們一定很生氣，因為我們批評他們的生活……」姆米爸爸趕緊定下心來，想將以前聽說的各種溜溜傳聞全部趕出腦海。但是這可不容易，沒有其他有趣的事情能夠分散他的心思……如果能和溜溜聊聊天就好了，聊天能讓人遠離思考。

但是，把危險的大問題拋諸腦後，只專注眼前的小事，好像也不是什麼理想的解決方法。或許聊過天後，溜溜會覺得他只是個適合待在陽台上喝茶的姆米爸爸……

他只好專注的看著大海，凝視月光下的黑色山崖。

姆米爸爸試著想一些簡單無趣的事情，例如：大海上有座小島，小島的正上方有月亮，月亮的倒影映照在大海上。黑色的小島、黃色的月亮、藍色的大海。姆米爸爸的心情終於恢復了平靜，溜溜的雙手也停止擺動。

他們來到一座陡峭的小島。

黑色突起的小島浮在海面上，看起來就像是大海怪的頭。

「我們要上岸了嗎？」姆米爸爸問。

溜溜沒有回答，只忙著將纜繩拋向小島，以便固定住小船。他們沒有多看姆米爸爸一眼，逕自開始爬上岸。姆米爸爸看著溜溜嗅聞著風的氣味，然後以一種神祕的方式鞠躬和揮

手，全然無視姆米爸爸的存在。

「不必管我，我可以自己爬上去。」姆米爸爸有點灰心的說，默默往岸上爬去，「我知道我們已經到了島上，但剛才我問你們是否要爬上來時，我真的希望你們可以回答。就算簡單的回應一聲都好，讓我覺得自己和你們是一夥的。」

但是姆米爸爸這些話只敢說給自己聽，也只敢對自己生氣。

小島陡峭滑溜，非常難爬，似乎警告著大家別輕易靠近。島上沒有花草樹木，也沒有青苔，什麼東西都沒有，就這樣光禿禿的矗立於海面上。

姆米爸爸接著發現一件可怕又討厭的事：島上到處都是紅色的蜘蛛！蜘蛛非常小，但是數量多到嚇人，看起來就像一片不停蠕動的紅

色地毯掛在黑色岩壁上。

紅蜘蛛到處爬來爬去，彷彿整座島在月光下不斷騷動著。

眼前詭異的景象讓姆米爸爸渾身不舒服。

他急忙抬起腳和尾巴，想找到一塊沒有紅蜘蛛的空地，但是根本找不到。

「我不想踩到你們，」姆米爸爸喃喃自語的說：「我的老天啊，我剛才應該留在船上的！沒想到會有這麼多蜘蛛，實在太不尋常了……他們長得幾乎一模一樣。」

他絕望的望向溜溜，但是月光下只能看見幾個黑色輪廓站在山崖上。其中一個溜溜彷彿發現了有趣的東西，姆米爸爸看不見那是什麼。

「算了，反正與我無關。」姆米爸爸決定學貓咪踮著腳尖回小船上。幾隻紅色蜘蛛爬上姆米爸爸的身子，讓他感到很不舒服。

蜘蛛立刻發現繫著小船的纜繩，便排成一道小小的紅色隊伍，沿著繩子爬上船。

姆米爸爸只好盡量往船尾移動。

「一切都是我在做夢，」他想：「我從夢中猛然睜開眼睛時，可以告訴姆米媽媽：『妳絕對想不到這裡有多麼恐怖！一大群紅色的蜘蛛到處爬，我保證妳從來不曾……』而姆米媽媽也會醒過來，笑著安慰我：『可憐的姆米爸爸，這只是夢，哪有什麼蜘蛛啊……』」

溜溜這時返回了小船，每一隻蜘蛛立刻驚嚇得跳起來，迅速沿著纜繩爬回島上。他們駛離陰暗的小島，航向灑滿月光的大海。

「感謝老天，還好你們回來了！」姆米爸爸鬆了一口氣，「其實我一點都不喜歡蜘蛛，牠們太小了，根本沒辦法聊天。你們在島上發現了什麼有趣的東西嗎？」

溜溜月亮般的黃色眼睛靜靜看著姆米爸爸，什麼話都沒說。

「我問你們是不是發現了什麼東西。」困窘的姆米爸爸重新問了一次，臉上泛起了淡淡的紅暈，「如果你們覺得那是祕密，當然可以不告訴我詳情，但至少回答我一聲吧？」

溜溜依舊一言不發的看著姆米爸爸，讓他覺得自己快要爆炸了。他忍不住大喊：

「你們喜歡蜘蛛嗎？喜歡還是不喜歡？現在快點告訴我！」

經過一段長時間的靜默，其中一個溜溜往前跨出一步，展開了雙手。姆米爸爸不確定溜溜是不是回答了什麼，或者他聽見的只是風聲罷了。

「對不起。」姆米爸爸不太肯定的說：「我明白了。」他覺得溜溜剛才已經做出回答：他們並沒有特別討厭或喜歡蜘蛛。姆米爸爸只能獨自猜測，畢竟徒增感傷對目前的處境也毫無幫助。或許悲哀的事實是，溜溜與姆米爸爸永遠無法彼此溝通；也或許，溜溜根本早已對他的幼稚舉動失望透頂。姆米爸爸嘆了口氣，沮喪的看著溜溜。

這時他才注意到，原來溜溜發現了一小張捲起來的白樺樹樹皮，看起來像是被海水捲起後又沖上岸邊。你可以像卷軸般攤開它，內裡是潔白滑順的樹皮，而只要放開手，樹皮馬上又捲回原本的模樣，看起來像是隱藏著祕密的小拳頭。姆米媽媽經常將這種樹皮包在茶壺的把手上。

也許樹皮裡確實藏著重要的祕密，但是姆米爸爸沒有多大興趣知道，他只覺得有點冷，便縮起身子在船尾打起瞌睡。溜溜只對電

有感覺，對寒冷完全沒有知覺。

溜溜也不需要睡眠。

黎明破曉時，姆米爸爸從睡夢中清醒。他的背部僵硬不已，全身冷得要命。他帽緣下方的眼睛盯著船舷和不停上下起伏的灰色大海，姆米爸爸全身病懨懨的，他不再是勇於冒險的姆米了。

一個溜溜坐在姆米爸爸身旁，於是他偷偷觀察對方。溜溜的眼睛變成了灰色，他的指甲修剪整齊，雙手輕輕擺動著，像是停駐時的飛蛾。他可能在思考，也可能在與同伴交談。溜溜的頭很圓，幾乎沒有脖子。「溜溜看起來像是白色的長筒襪。」姆米爸爸心想：「下緣因磨損而破裂，有如攤開的白色海綿。」

又過了一段時間，姆米爸爸的身體更加不舒服了。他想起昨晚發生的種種，以及噁心的紅色蜘蛛。他生平頭一次覺得蜘蛛很可怕。

「我的老天！我的老天！」姆米爸爸喃喃自語。他試著坐起身子時，眼角突然瞄到那張樹皮卷軸，瞬間僵在原地。姆米爸爸趕緊拉拉自己的耳朵，確定自己不是在做夢。樹皮在船底的水桶中，隨著船身的搖晃而輕輕翻動。

他忘了自己身體不適，小心的伸手拿那張樹皮。溜溜的目光依然盯著大海的水平線。姆米爸爸碰到樹皮，將它緊握在手心再收回來。瞬間，毫無防備的姆米爸爸被電到了，但是電力不強，就像舌頭碰到手電筒的電池一樣微弱。

他靜靜躺著，先讓心情恢復平靜，接著才慢慢攤開手中的卷軸。裡面沒有藏寶圖，也沒有難以破解的密碼，純粹只是一張空白的樹皮。

或許這是某種識別證，只要溜溜拜訪過哪座孤零零的小島，就會刻意留下一張樹皮，給日後抵達的溜溜。而樹皮裡包藏的小小電擊是他們表達友善和懷念的方式，大概就和寫信的意義相同。不過，也可能是溜溜擁有某種姆米無法讀取的文字。姆米爸爸失望的讓樹皮捲回卷軸狀，重新抬起頭。

他發現溜溜正目不轉睛的盯著他。姆米爸爸尷尬的羞紅了臉。

「無論如何，我們都是坐在同一艘船上的伙伴，對吧？」姆米爸爸說完不等溜溜回答，馬上模仿他們展開雙手的動作。姆米爸爸露出無助又後悔的表情，嘆了口氣。

海風吹拂著船帆，發出低沉的呼呼聲，彷彿代替溜溜回應姆米爸爸。灰色波浪在海上不停翻騰，彷彿迎來世界末日。姆米爸爸不禁感傷的想著：「如果這就是米寶姊姊說的邪惡生活，我寧可吞掉我的帽子。」

*

他們經過各種島嶼，全都散發著寂寥與哀傷的氣息，就算是距離遙遠或面積很小的島嶼也一樣。海風從四面八方吹來，黃色的月亮由盈轉虧不停循環。只要到了晚上，海水就會變得像墨水一樣黑，島嶼則是一成不變，靜靜等待著溜溜偶爾的來訪。甚至，有些根本不算是真的島，只是礁岩、巨石、珊瑚礁之類的玩意兒，可能在黎明前就會沉入海中，到了晚上才再度探出水面。沒有人知道它們何時會出現。

溜溜拜訪了每座小島，有時候，島上會有白樺樹的樹皮，有時候沒有。在這些小島中，有些平滑得像是海豹的背脊，有些則像是被紅色海草包圍的鋸齒狀巨岩。他們每到一座島嶼的頂峰，就會留下一張小小的白樺樹樹皮。

「我猜溜溜這麼做一定有理由，而且這件事對他們來說極為重要，重要性遠超過一切。」姆米爸爸心想：「我一定要繼續跟著他們，直到明白為什麼。」

雖然他們沒有再遇到紅色的蜘蛛，但是每次溜溜上岸時，姆米爸爸都選擇待在船裡。這些島會讓他想起以前的島嶼度假時光，在小島上野餐、綠意盎然的峽灣、露營帳篷、樹蔭下的冰淇淋、沙灘上的果汁瓶、大太陽下晒著的泳裝……姆米爸爸並非懷念無憂無慮的陽台人生，但是過往的回憶不時浮現在他腦中，讓他感到憂傷。這些回憶明明都是微不足道的生活瑣事啊！

事實上，姆米爸爸決定轉換念頭，不再想起過往的生活，也不再思考未來的發展。

他的思維就像小船一樣漂浮，沒有記憶也沒有夢想，就像恣意漂泊的灰色海浪，甚至沒有前往大海盡頭的計畫。

姆米爸爸也放棄了和溜溜溝通，他變得像溜溜一樣，只是一直凝望著海面。他的眼睛反映出天空的顏色，呈現與溜溜相同的淡藍色。每當新的島嶼出現在眼前時，姆米爸爸也不再移動身體，只會輕輕的搖尾巴。

某一天，當小船漂浮在緩緩的海浪上時，姆米爸爸突然感到好奇：「我是不是已經完全變成溜溜了呢？」

*

這天非常炎熱，到了黃昏時分，詭異的紅色濃霧籠罩在海面上。姆米爸爸感覺到濃霧帶來的威脅性，但是他整個人卻變得比較有活力。

遠處幾條巨大的海蛇在海面上打滾吐氣，姆米爸爸以前見過這種景象。當海蛇發現溜溜的小船時，牠們睜大眼睛吃驚的望著他們，馬上用尾巴拍打海面，轉身隱入濃霧中。

「海蛇和那些紅色蜘蛛一樣，似乎都很害怕溜溜……」姆米爸爸思索著。這時遠方傳來隆隆的雷聲，打破了海上的寧靜，隨即又恢復原本的平和，彷彿什麼事都沒發生。

姆米爸爸以前覺得雷雨交加的場面非常刺激，但此刻他卻毫無感覺，心情相當平靜，和過去的他截然不同。

就在這個時候，遠方的濃霧中出現一艘奇怪的小船，上頭有著許多人影。姆米爸爸不由自主的跳了起來，他在那瞬間又變回了原本的姆米爸爸，揮舞帽子，還高聲大喊。小船朝他們直駛而來，它的船身是白色的，船帆也是白色的，就連上面的乘客也是白色的……

「噢，又是溜溜的船！」姆米爸爸沮喪的坐回原處。兩艘小船在海面上交錯而過時沒有互相打招呼，只是各自朝著自己的方向前進。

一艘接一艘的白色小船從濃霧中駛出，每艘船都載著溜溜，朝著相同的方向前進。有些船上是七個溜溜，有的是五個，也有的是十一個，甚至還有只載著一個溜溜的小船。船上的溜溜數目不一定相同，但都是奇數。

濃霧漸漸散開，變成淡紅色的薄暮。大海彷彿被溜溜的小船包圍，它們全都駛向一個沒有樹木和高地、只有低矮礁岩的小島。

雷聲再度隆隆響起，聲音來自從水平線緩緩上升的一朵巨大烏雲。

小船一艘艘依序駛進小島的峽灣，放下船帆。原本寧靜的沙灘頓時擠滿了溜溜，他們不斷向彼此鞠躬行禮。

眼前所見全都是白色的溜溜，他們到處走動，不停向左或向右鞠躬，揮動著雙手，將沙灘上的雜草撥弄得發出沙沙細語。

姆米爸爸獨自站在一旁，試著從一大群溜溜之中找出剛才和他同船的溜溜。他覺得這很重要，因為那是他唯一認識的三個溜溜，即使認識的程度淺薄得可憐，但至少他們確實認識。

可惜那三個溜溜早就消失在群眾之中，姆米爸爸根本無法從數百個溜溜裡找出他們。他覺得這場面似曾相識，就像那些全部長得一模一樣的紅色蜘蛛。姆米連忙壓低帽子，這讓他感到稍微鬆了口氣。

在這個充滿耳語的白色奇異小島上，姆米爸爸覺得自己的帽子是唯一真實的東西。

姆米爸爸連自己都無法信賴，唯一值得信任的就是他的帽子。造型簡單的黑色帽子內裡有姆米媽媽寫的一行字：「姆米媽媽送給姆米爸爸的禮物」。因此姆米爸爸可以從眾多高帽子中找出這頂屬於他的禮帽。

最後一艘白色小船靠岸了，溜溜停止發出騷動的沙沙聲，淺紅色的眼睛看著姆米爸爸。隨後，他們全都朝著姆米爸爸的方向靠近。

「他們想攻擊我！」姆米爸爸心想，他整個人驚醒，心臟緊張的怦怦跳。隨即他又覺得，如果他們想打架，那就上吧！反正他現在很想發狠大叫，告訴大家這一切都錯了！挨揍是他們應得的！

但是溜溜不會打架，他們不會反對任何事情或討厭任何人，也從來沒有自己的意見。

數以百計的溜溜圍到姆米爸爸的身旁，朝著他鞠躬。姆米爸爸也脫掉帽子，向溜溜一一回禮，直到他的頭開始微微痛了起來。溜溜接著又高舉起雙手，朝著姆米爸爸揮舞搖擺，姆米爸爸也疲憊的跟著他們擺動雙手。

當最後一個溜溜走過他身邊時，姆米爸爸早已忘了打架的念頭，心裡充滿平靜祥和。他手上拿著帽子，尾隨溜溜穿過沙沙作響的草原。

雷電交加的暴風雲高高攀升至空中，看起來像是隨時會倒塌的圍牆。天空颳起強風，一朵朵棉花般的積雲被強風吹散，嚇得四處奔逃。

一道強光突然閃現在接近海平面的地方，隨即又消失，緊接著再出現另外一道強光。

溜溜聚集在島嶼中央，海鳥似的全部面對著南方站立著，等待大雷雨的發生。溜溜像是一顆顆小燈泡，隨著天空閃爍的強光發出明亮的光芒，連他們周圍的雜草也發出滋滋聲響。

姆米爸爸這時躺了下來，看著周圍的樹葉。綠色的葉子在烏雲襯托下顯得格外明亮，令他想起在姆米谷的家中，姆米媽媽替他的搖椅縫製了一套繡著羊齒葉的椅墊，黑色的底圖上襯著綠色的樹葉，十分美麗。

大雷雨逐漸逼近，姆米爸爸一發現水滴落在自己的手上，馬上坐起身子。天空果然開始下雨了。

突然間，溜溜像飛蛾般展開雙手，在孤寂的小島上開始搖擺、鞠躬、舞動、歡唱。溜溜的歌聲充滿寂寞與渴望，聽起來像是微風吹過玻璃瓶口時發出的聲響。姆米爸爸有股強烈的衝動，想要模仿溜溜的行為，像他們一樣邊前後搖晃身體邊發出呼喊

聲。

姆米爸爸的耳朵感到微微刺痛，他揮動著雙手，朝著溜溜走去。「原來這就是溜溜的祕密！他們一直在尋找大雷雨……」姆米爸爸心想。

黑暗籠罩著整座島嶼，白色利刃般的閃電從天空對準小島直直劈下。狂風在遠方低聲怒吼，雷聲也跟著響起。姆米爸爸頭一次聽見這麼可怕的打雷聲。

強風吹得石頭到處滾來滾去，甚至緊緊捉住了姆米爸爸，將他甩進草叢中。

姆米爸爸坐在地上，緊緊抓住帽子，感覺暴風貫穿他的身體。突然間，姆米爸爸心想：「我到底在做什麼啊？我又不是溜溜，我是姆米爸爸啊！我何必學他們？」

姆米爸爸看著那些不停擺動的溜溜，頓時領悟了一件事：大雷雨可以帶給溜溜活力，但是等到充完電之後，電卻成為他們沉重的負擔，絕望的被電鎖住，什麼事情都做不了。他們無法感覺或思考，只能不停尋覓。唯有在充滿電的地方，溜溜才能勉強表現出生命的跡象，擁有強烈的知覺。

這就是溜溜一心想追求的！或許，當一大群溜溜聚集在一起時，還能產生雷雨……

「一定是這樣，沒錯！」姆米爸爸心想：「可憐的溜溜。我以前坐在陽台上時，竟然經常幻想他們是最自由且最不尋常的生物，因為他們可以什麼話都不說，還能夠到處流浪。誰知道他們根本是無話可說，也無處可去……」

此時天空像是裂了個大洞般，突然下起了豪雨。電光在黑暗中顯得更加明亮耀眼。

姆米爸爸從地上跳起來，他的眼睛已經恢復成原本的藍色，閃爍著興奮的光采。

「我要回家了！馬上就出發！」姆米爸爸戴上帽子，立刻轉身往沙灘奔去。他跳上一艘白色小船，揚起船帆，朝著風雨交加的大海直駛而去。

姆米爸爸又回到了原來的自己，擁有自己的想法與思維。他現在最渴望的一件事，就是馬上回到家。

「仔細想想，那些傢伙沒有喜悅也沒有失望，」當小船在大海中與暴風雨搏鬥時，姆米爸爸沉思道：「無法對人感到憤怒，或是原諒別人的過錯。他們不需要睡眠，對寒冷毫無知覺。他們不會做錯事，不會肚子痛，更不需要治療。他們不會舉辦生日宴會，不會喝啤酒，也不會良心不安……」

「天啊！這真是太可怕了！」

雖然姆米爸爸全身都濕透了，但是他很開心，一點也不怕暴風雨了。姆米

爸爸還下定決心，回家後絕對不再使用電燈，他要重拾古老的煤油燈。

姆米爸爸非常想念他的家人以及姆米家的陽台。他突然明白了一件事：即使在家裡，他還是可以充分享受自由與冒險的滋味，就像一個真正的爸爸一樣。

第八章

賽德列克

現在回想起來，大家還是難以理解，史尼夫怎麼會因為別人的三言兩語，就把他心愛的賽德列克送人。

史尼夫從來不曾做過類似的事，他根本不可能隨隨便便就把賽德列克送人，因為賽德列克是一隻非常棒的狗兒。

其實賽德列克不是活生生的狗，但是看起來相當逼真！乍看之下，賽德列克是一隻毛茸茸的小狗，模樣單純又可愛，但是仔細觀察之後，會發現它的眼睛是珍貴的寶石，項圈釦環還鑲著貨真價實的月長石。

更重要的是，賽德列克有著特殊的表情，任何一隻小狗都做不出那麼可愛的表情。或許對史尼夫而言，昂貴的寶石比賽德列克的臉更有價值。他真的非常喜歡賽德列克。

因此，史尼夫將賽德列克送人之後，馬上就懊悔不已。他吃不下、睡不著，也不想與任何人說話，只是整天處於後悔之中。

「親愛的史尼夫，」姆米媽媽關心的問：「如果你真的那麼喜歡賽德列克，為什麼要將它送給賈夫西的女兒呢？你起碼也應該送給你喜愛的親友啊！」

「哼！」史尼夫氣呼呼的抱怨一聲，哭得紅腫的雙眼看著地板，「這一切都是姆米托魯的錯！他告訴我，如果我把心愛的東西送給別人，就可以得到十倍的回報，還會相當快樂！姆米托魯根本就是大騙子！」

「噢，」姆米媽媽不知道該怎麼回應：「原來如此。」她覺得自己需要一點時間來思考該如何回答史尼夫的話。

夜深之後，姆米媽媽回房休息，大夥兒也互道晚安、熄燈就寢。史尼夫怎麼也睡不著，他躺在床上，兩眼盯著天花板。月光將窗外大樹的影子投射在天花板上，影子則隨著溫暖的夜風不停擺動。由於窗戶開著，史尼夫聽見司那夫金在河邊吹口琴。

史尼夫的心情糟糕透頂，他跳下床，爬上開啟的窗戶，沿著窗外的繩梯而下，走過種滿白色芍藥的花園，一路散步到河邊。月亮高掛在夜空中，靜靜的看著史尼夫的身影。

司那夫金獨自坐在他的帳篷前面。

他今晚吹奏的不是完整的曲子，只是一些零碎的曲調，聽起來像是人們問問題的聲音，或是不知該說什麼話時那種結結巴巴的語調。

史尼夫走到司那夫金身邊坐下，憂鬱的凝視著河水。

「史尼夫！」司那夫金說：「真高興你來了，我正好想到一個你可能會感興趣的故事呢！」

「我今晚對童話故事一點興趣也沒有。」史尼夫意興闌珊的回答，蜷起身子。

「我要說的不是童話故事。」司那夫金對史尼夫說：「這是真人真事，故事的主角是我母親的某位姑姑。」

司那夫金抽著菸斗，開始講故事，還不時用腳踢踢黝黑的河水。

＊

「從前有一位女士，她非常珍惜自己的東西。她沒有小孩會煩她或逗她開心，不用工作也不需要下廚。她完全不在乎別人對她的看法，也不是那種膽小怯懦的人。她不喜歡到處玩樂，換句話說，她覺得人生有點無聊。

「但是她非常喜歡自己珍藏的美麗物品，都是她這輩子慢慢蒐集而來的。她花費大把時間保養，讓它們越來越漂亮。無論哪個人走進她家，一定都會因為她美麗的收藏而驚嘆不已。」

「聽起來她是一位相當幸福的女士。」史尼夫點點頭說：「她到底收藏了什麼樣的東西呢？」

「是的，」司那夫金表示：「她知道如何能讓自己感到幸福。現在請你不要打斷我說故事，好嗎？總之，事情發生在某天晚上，這位姑婆在廚房吃炸肉排時，不小心吞下了一塊大骨頭。她身體不舒服了好幾天，情況始終不見好轉，只好去看醫生。醫生敲敲她的胸膛，用聽診器聽了老半天，還替她照了X光。最後，醫生告訴她，那塊大骨頭歪斜的卡在她身體裡，恐怕沒有辦法拿出來。也就是說，醫生擔心會發生最壞的狀況。」

「你的意思是，醫生認為她必死無疑了？」史尼夫又忍不住插嘴，他開始對這個故事感興趣，「但是他不敢直接告訴她？」

「差不多是這樣。」司那夫金點點頭，「但是我這位姑婆可不是那麼容易被嚇倒的人。她追問醫生自己還有多長的壽命，然後回家思考如何運用她人生中最後一段歲月。她只剩幾個星期可活了，時間相當有限。

「她突然想起自己年輕時很想去亞馬遜河探險，也想在深海中潛水，還想替那些孤

苦無依的孩子建造一棟孤兒院。她也渴望登上火山，也想過邀請所有朋友參加一場超大型的舞會。她心裡還有好多事情想做，但如今她已經沒有時間了。更可悲的是，她把時間都花在自己心愛的收藏品上，根本無暇與朋友往來，現在一個朋友都沒有了。

「她在家裡走來走去，內心越來越哀傷。那些美麗的東西無法帶來任何安慰，反而不斷提醒著她：她不久就要上天堂了，這些漂亮的物品她一件也帶不走。

「雖然她告訴自己，上天堂之後，她還可以繼續蒐集美麗的東西，但是她依舊開心不起來。」

「可憐的女士。」史尼夫傷心的問：「難道她不能帶一點點小玩意兒陪著她上天堂嗎？」

「不行。」司那夫金表示：「誰都不准帶東西上天堂。現在請你不要說話，靜靜聽我說完故事。有一天晚上，我這位姑婆躺在床上卻無法入眠，只能睜著眼睛看著天花板。華麗的家具與珍貴的擺飾圍繞著她，各個角落、每面牆壁、天花板上、櫃子與抽屜裡，全都是她心愛的收藏品。突然間，她覺得這些東西不但無法給她任何安慰，反而害她快要窒息了。這時她腦子裡浮現一個前所未有的念頭，這個念頭太有趣，讓躺在床上的她忍不住笑了出來。開懷一笑後，她竟然覺得自己的身體舒服了許多。於是她馬上起床換好衣服，開始思索應該如何實現這個念頭。

「她決定把自己所有的收藏品都送給別人。這麼一來，肚子裡卡著大骨頭的她就能擁有更寬敞的呼吸空間，更何況，她也總想著能在寬闊的亞馬遜河探險。」

「這個念頭真蠢！」史尼夫失望的說。

「不！一點也不蠢！」司那夫金反駁道：「她開始思考哪個東西該送給誰，在思考的過程中，她感到有趣極了！

「她雖然已經沒有朋友了，但是還有許多親戚，也認識不少人。於是她逐一思考每個人喜歡什麼、需要什麼、適合什麼。就像是一種遊戲！

「況且她非常聰明，很會替別人選擇禮物。我的口琴就是她送給我的。或許你不知道，這把口琴是用黃金和玫瑰木做成的。由於她設想得十分周到，每個人都得到了最適合自己或是最渴望的禮物！

「這位姑婆也喜歡帶給別人驚喜，她將這些物品用包裹一個個寄出去，收到包裹的人完全不知道禮物來自何方。她過去擔心收藏品會弄壞，不喜歡讓客人登門拜訪，因此大家從未見識過她的收藏。

「她寄出自己的收藏品之後，就開始想像人們收到禮物時會有多麼驚訝。這種想像讓她相當得意，她認為自己就像是傳說中的小精靈，只要動動翅膀，就能夠在一瞬間實現人們的夢想。」

「可是我沒有將賽德列克包起來送人！」史尼夫突然瞪大眼睛，生氣的說：「我也沒有不久於人世！」

司那夫金嘆了口氣。「你怎麼又插嘴了？」他不高興的說：「請你安靜一下，乖乖聽完這個很棒的故事！不要因為你不是故事的主角，就不打算繼續聽完它！另外，請你也替我想一想，這故事是特別為你而說的，你也知道我喜歡說故事。好了，不多說廢話。就在這個時候，突然發生奇妙的事：這位姑婆在夜裡又能安然入睡了！於是她白天就專心想著亞馬遜河探險，盡情閱讀有關深海潛水的書籍，以及繪製孤兒之家的設計藍圖。她非常開心，也感到自己變得比以往更友善。她身旁的人開始樂於與她來往。然而姑婆不斷自我警惕，她擔心朋友越來越多，就會遺憾無法實現舉辦超大型派對，招待所有朋友的夢想……

「她不斷將收藏品放進包裹裡送人，屋子變得越來越空曠。隨著她的物品變少，她的心情也就更輕鬆了。最後，當她站在空無一物的家中時，整個人就像氣球一樣輕飄飄的，隨時可以飄上天空去……」

「直接飄到天國嗎？」史尼夫認真的問：「我跟你說……」

「拜託你不要再插嘴了！」司那夫金說：「我知道你的年紀還太輕，可能不太適合聽這個故事，但我還是要說完它！好了，我要繼續說了。隨著時間一天天過去，她的屋子也慢慢淨空，最後只剩下一張床。

「那是一張有絲綢頂篷的豪華大床，每當她的朋友到她家拜訪時，無論來了多少人，那張床都可以提供客人舒服的座位，個子嬌小的朋友還可以坐在頂篷上，人人都能享受愉快的美好時光。這位姑婆唯一擔心的事情是，她好像已經騰不出時間來舉行那場年輕時打算籌辦的超大型派對。

「不過，她每天都和朋友聚在一起，說說鬼故事或分享笑話。有一天晚上……」

「我知道你想說什麼！」史尼夫生氣的大喊：「你就和姆米托魯一樣！我已經知道這個故事的結局了。你的姑婆最後將那張豪華大床也送給別人，然後就上天堂去了。她覺得非常快樂，所以我也該效法她，除了賽德列克之外，我最好將自己所有的東西全都送給別人，首先應該將我心愛的水桶和鏟子送出去！」

「你真是個笨蛋！」司那夫金說：「更糟糕的是，你糟蹋了別人的故事！我剛才要說的結局是，某天晚上我姑婆聽了朋友說的笑話之後，笑得太開心，結果竟然吐出

卡在肚子裡的骨頭。她的病就痊癒了！」

「不！」史尼夫難以置信的大叫：「可憐的女士！」

「可憐的女士？你這句話是什麼意思？」司那夫金不解的問。

「她當然可憐了！她不是送光所有的家當了嗎？」史尼夫說：「真是浪費！她最後沒死，但是收藏品全沒了！那她有沒有要回她所有的東西？」

司那夫金氣得不知道該說什麼，只好用力咬著菸斗。

「你真是一個頭腦簡單的笨傢伙！」司那夫金說：「她把整件事情當成一次有趣的經歷。後來她不但舉辦了超大型派對招待所有的朋友，還替孤苦無依的孤兒興建了孤兒院。雖然她年紀太大，無法體驗海底潛水，但是她去了一趟火山。最後，她還

前往亞馬遜河探險！關於她最後的消息，就是她跑到亞馬遜河去了。」

「可是，她實現這些夢想，都需要花費大筆的金錢吧？」史尼夫懷疑的追問：「你不是說她將東西都送人了嗎？」

「我剛才是這樣說的嗎？」司那夫金反問史尼夫：「如果你仔細聽我說故事，就知道她還保留著那張有頂篷的豪華大床……說到那張大床，親愛的史尼夫，那張床是由黃金打造的，而且頂篷的支柱鑲滿了鑽石與瑪瑙！」

作者的話：至於史尼夫的賽德列克，賈夫西夫人挖出了它的寶石眼睛，替她的女兒做了一副漂亮的耳環，並改用黑色鈕釦充當賽德列克的眼睛。在某個下雨天，史尼夫發現賽德列克被丟棄在路邊，於是趕緊把它帶回家。賽德列克項圈上的月長石不幸被雨水沖走，再也找不回來。但是史尼夫還是非常珍愛它，那份感情是出自真心的關愛。這對史尼夫而言，真的是件值得嘉許的事。

第九章

聖誕樹

一位亨姆廉家族的成員站在屋頂上，專心挖著積雪。他手上的黃色手套不到一會兒的工夫就變得又濕又不舒服，只好脫下來暫時放在煙囪上。亨姆廉嘆了口氣，又繼續埋頭挖掘。費盡千辛萬苦之後，終於找到了位於屋頂的天窗入口。

「太好了！我找到了！」亨姆廉對自己說：「屋子裡的每個人都還在睡夢中，睡得又深又沉。當其他人都為了迎接聖誕節而忙得暈頭轉向時，他們怎麼還能睡得如此安穩呢？」

他忘了屋頂上的天窗是往裡開還是往外開，於是鼓起勇氣往天窗上一站，沒想到窗子瞬間往裡面開啟。可憐的亨姆廉就這樣跟著一堆積雪直直掉進姆米家堆放雜物的陰暗閣樓裡。

亨姆廉有點氣惱，他突然忘了自己將那雙黃色手套放在什麼地方。那是他最喜歡的手套。

他不悅的走下樓梯，「碰」的一聲用力打開通往客廳的門，大喊著：「聖誕節快到了！我真受夠了你們這些還在睡大覺的傢伙！再過幾天就是聖誕節了，你們知不知道？」

姆米一家一如往常的在客廳裡冬眠，他們已經睡了好幾個月，還會繼續睡到春天來臨時。此刻的他們正沉眠在甜蜜的夢鄉，就像是徜徉在夏日午後般悠閒舒暢。但是突然吹進屋內的寒風驚擾了姆米托魯的美夢。他覺得有人正在拉扯他的棉被，在他耳邊大喊「受夠了」和「聖誕節快到了」之類的奇怪話語。

「春天來了嗎？」姆米托魯睡眼惺忪的問。

「春天？」憤怒的亨姆廉以緊繃的聲音回答姆米托魯：「我說的是聖誕節！你懂不懂？聖誕節！我自己什麼都還沒準備好，卻被大家派到這裡來，負責將你們從睡夢中叫醒！而且我還弄丟了心愛的黃色手套！外面每個人都忙得像瘋子一樣團團轉，有太多事情要準備了……」

亨姆廉說完就立刻轉身上樓，從天窗爬出了姆米家。

「媽媽，快點起床啊！」姆米托魯焦慮的呼喚姆米媽媽：「好像有什麼事情要發生了，一個叫作『聖誕節』的東西要來了！」

「你說什麼？」姆米媽媽從溫暖的棉被裡探出頭來，不明白的反問姆米托魯。

「我也不清楚。」姆米托魯一臉茫然的回答：「剛才那個人說，很多事情還沒準備好，又說什麼東西不見了，還說大家像瘋子一樣團團轉。會不會大洪水又要來了？」

姆米走到司諾克小姐身旁，搖搖她的肩膀，輕聲說：「妳不要害怕喔，但是好像有什麼可怕的事情要發生了。」

「啊！這一覺睡得真是舒服！」姆米爸爸也醒了過來，他轉轉時鐘的發條，因為時鐘在十月的某一天就停止不走了。

等到大家全都起床後，他們沿著剛才那位亨姆廉的腳印走上屋頂。

天空依舊是一片晴朗的蔚藍色，所以不是火山要爆發了。但是整座姆米谷全部被潮濕的白色棉花覆蓋，包括高山、樹木、河流和房屋。天氣也非常寒冷，比四月的氣溫要冷得多。

「那些是蛋白嗎？」姆米爸爸好奇的問。他伸手掬起一小堆白雪，目不轉睛的盯著看，「這種東西是從土裡長出來的嗎？還是從天上掉下來的？如果它們是在同一時間一起出現，感覺一定相當討人厭。」
「爸爸，這些是雪。」姆米托魯說：「我認識這東西，它們不是在同一時間一起掉下來的。」
「不是嗎？」姆米爸爸表示：「但還是一樣討人厭。」
這時候，剛才那個亨姆廉的伯母正好乘著雪橇經過姆米家門前，她的雪橇上擺著一棵樅樹。
「你們終於醒了，」亨姆廉的伯母看了姆米一眼，對著他們說：「快點趁著天黑之前去找一棵樅樹吧！」
「為什麼要去找樅樹？」姆米爸爸一臉疑惑的問。
「我現在沒時間陪你們聊天。」亨姆廉的伯母回答，不一會兒就消失在姆米一家眼前。
「她剛才說，要在天黑之前找到樅樹。」司諾克小姐在一旁小聲的說：「這是不是表示危險會和黑夜一起降臨？」

「所以樅樹是用來保護我們的嗎？」姆米爸爸陷入沉思，「這究竟是怎麼回事啊？我都被搞糊塗了。」

「我也不明白。」姆米媽媽在一旁慈祥的接話：「如果你們要出去找樅樹，別忘了穿上毛襪，戴上圍巾，我會在壁爐生火等你們。」

*

經過思考之後，姆米爸爸做了一個決定：就算大難臨頭，他也絕對不砍伐家裡他珍愛的任何一棵樅樹。姆米爸爸和姆米托魯爬過賈夫西家的圍牆，打算砍一棵可能對賈

夫西沒有什麼用處的大樅樹。

「樅樹是不是為了讓我們躲在樹裡面?」姆米托魯納悶的問。

「我也不知道。」姆米爸爸揮動手中的斧頭說:「我一點概念都沒有。」

他們拖著樅樹準備回家時,在河邊遇見雙手捧著一大堆紙袋的賈夫西夫人。

賈夫西夫人滿臉通紅,情緒非常激動,因此沒有發現姆米爸爸和姆米托魯正拖著她家的樅樹。感謝老天!

「有沒有搞錯?根本就是小題大作!」賈夫西夫人大聲的抱怨:「我再也不准那個沒有教養的刺蝟來我家了!我已經告訴過米沙,那簡直是一種恥辱……」

「請問樅樹到底有什麼作用?」姆米爸爸拉了拉賈夫西夫人的毛皮外套,急切的問:「準備好樅樹後應該做什麼?」

「樅樹?」賈夫西夫人一臉疑惑的反問:「啊!我的老天!我還沒有開始裝飾聖誕樹呢!我根本沒有時間啊……」

賈夫西夫人驚惶失措,手中的購物袋不小心掉到地上,頭上的帽子也歪了。她看起來好像慌張得快要哭了。

姆米爸爸搖搖頭，繼續拖著樅樹往姆米家的方向前進。

*

姆米媽媽清乾淨陽台上的積雪，備妥了各種藥物與繃帶和姆米爸爸的舊槍枝，以備不時之需。

有一個身形小小的伍迪坐在姆米家的沙發角落，手裡端著一杯熱紅茶。他原本坐在姆米家陽台下方的雪地上，姆米媽媽看他模樣可憐，就請他進屋裡喝杯茶。

「我們帶樅樹回來了，但是我們不知道應該要做什麼。」姆米爸爸表示：「賈夫西夫人說要裝飾樅樹。」

「裝飾？可是家裡沒有那麼大的衣服啊。」姆米媽媽皺起眉頭，「她是什麼意思？」

「好漂亮的樹。」伍迪忍不住驚嘆，卻因為害羞而被茶水嗆到，對自己貿然插嘴的行為感到後悔。

「你知道該如何裝飾樅樹嗎？」司諾克小姐問。

伍迪羞愧得滿臉通紅，小聲的說：「只要拿些漂亮的東西放在樹上，這樣就可以了。盡量拿自己最漂亮的東西來裝飾它。我是這樣聽說的。」他回答時害羞得急著用手遮住臉，卻不小心打翻了紅茶。結果，伍迪困窘的從陽台跑掉了。

「請大夥兒安靜一下，讓我仔細想一想。」姆米爸爸表示：「如果我們必須將樅樹裝飾成最漂亮的模樣，就表示它不是用來藏身的。我猜打扮樅樹的意義，一定是為了要安撫聖誕節的情緒！我想我已經開始懂了！」

於是姆米一家合力將樅樹抬到院子裡，讓它穩穩的豎立

在雪地上，然後找來各種美麗的物品，將樅樹裝飾得五顏六色。

他們在樹枝放上夏季花壇上的大貝殼、司諾克小姐的貝殼項鍊，以及客廳吊燈上的稜鏡，並且在樅樹頂端插上一朵絲綢做成的紅玫瑰。這朵絲綢紅玫瑰是多年前姆米爸爸送給姆米媽媽的禮物。

每個人都將自己最美麗的東西掛在樹上，希望能夠撫慰這個冬季裡的神祕力量。

當他們大功告成時，亨姆廉的伯母正好又乘著雪橇經過姆米家。這次她趕著前往另一個方向，感覺比剛才更匆忙。

「妳看，我們裝飾好樹了。」姆米托魯朝著亨姆廉的伯母呼喊。

「我的天啊！」亨姆廉的伯母驚呼一聲：「你們總是和一般人不太一樣呢……不好意思，我必須離開了，我得趕緊去準備聖誕節的大餐！」

「聖誕節的大餐？」姆米托魯好奇的問：「聖誕節會吃東西嗎？」

亨姆廉的伯母沒聽見姆米托魯的問題，逕自接著表示：「無論如何，聖誕節的晚餐一定要好好準備！」她緊張兮兮的說完之後，馬上又乘著雪橇順著斜坡滑走了。

聽了亨姆廉的伯母這番話，姆米媽媽便在廚房裡忙碌了一整個下午，趕著在天黑之前完成聖誕節的大餐。她將食物分裝在小小的碗裡，擺在樅樹的四周，餐點包括姆米最喜歡的果汁、優格、藍莓派

和蛋酒。

「聖誕節會不會很餓？」姆米媽媽不安的問。

「我想它應該不會比我飢餓。」飢腸轆轆的姆米爸爸望著眼前的美食直流口水。他用毛毯裹住身體，靜靜的坐在雪地上。他覺得氣溫好像更低了，像姆米這種小動物還是得十分敬畏大自然的偉大力量才行。

姆米谷裡家家戶戶都在各自的聖誕樹下點了蠟燭，燭光從他們的窗戶透出光亮，映照在積雪上閃爍晃動著。對此，姆米托魯疑惑的望向姆米爸爸。

「嗯，我想大夥兒應該只是為了做好準備，以防有什麼意外發生吧？」姆米爸爸輕輕點了個頭。於是姆米托魯也馬上回到屋裡，找出家中所有的蠟燭。

他將蠟燭圍繞著樅樹，一根根插在雪地上，並且小心翼翼的點燃。蠟燭全數點燃之後，燭光在黑暗中形成一個小小的光環，彷彿撫慰著黑夜和聖誕節的心靈。過了一會兒，整座姆米谷陷入一片寂靜，或許每個人都回到家，靜靜等候聖誕節大駕光臨。

姆米一家發現樹林間有個孤獨的人影，原來是剛才來叫醒他們的亨姆廉。

「你好！」姆米托魯向他打招呼：「請問一下，聖誕節來了嗎？」

「別打擾我！」亨姆廉皺著眉頭回答。他專注的看著手上的紙條，密密麻麻的清單上，幾乎每個項目都畫上了叉叉。

亨姆廉在蠟燭旁坐下，扳著手指計算：「媽媽、爸爸、賈夫西、堂兄弟姊妹……最年長的刺蝟……那些年輕的刺蝟可以不送禮……史尼夫去年沒有送我禮物……米沙和霍姆伯……還有伯母……唉，準備禮物這件事快把我搞瘋了！」

「怎麼了？」司諾克小姐擔心的問：「是不是這些人發生了什麼事？」

「還不都是禮物害的！」亨姆廉激動的大喊：「每年一到聖誕節，就必須準備一大堆禮物，而且要準備的禮物一年比一年還多！」

他在紙條上畫了一個歪七扭八的大叉叉，神情渙散的離開了。

「請等一下！」姆米托魯想叫住亨姆廉，「能不能請你解釋一下？還有，你的手套……」

但是亨姆廉的身影已經迅速消失在黑暗中。他就和其他人一樣，因為聖誕節的到來而顯得忙碌匆促。

姆米一家人連忙跑回屋內，尋找可以充當禮物的東西。姆米爸爸選了他最好的魚鉤。這個魚鉤裝在一個精緻的小盒子裡，看起來相當漂亮。姆米爸爸在盒蓋上寫著「給聖誕節」，將它放置在聖誕樹下。司諾克小姐脫下她心愛的腳環，一邊輕聲嘆氣，一邊用絲質包裝紙包起來。

姆米媽媽則打開自己的祕密抽屜，拿出了一本圖畫書。這是整個姆米谷唯一的彩色圖畫書。

姆米托魯選了一個價值不菲而且非常神祕的禮物，他不想讓任何人看見，後來也沒有告訴任何人他到底送出什麼珍貴的禮物。

大夥兒將禮物準備妥當之後，又坐在雪地上，等待這個可怕的訪客到來。時間一分一秒過去，什麼事都沒發生。

只有剛才打翻茶杯的伍迪悄悄出現在木棚下，還帶了所有親朋好友一起來。他們看起來全都非常瘦弱可憐，而且冷得發抖。

「聖誕快樂！」伍迪害羞的說。

「你是頭一個這麼說的人！」姆米爸爸驚訝的表示：「難道你不害怕聖誕節來臨時會發生恐怖的事？」

「現在已經是聖誕節了。」伍迪告訴姆米爸爸，並和他的親朋好友坐在雪地上，繼續說道：「我們可以坐在這裡欣賞嗎？你們家的樅樹好漂亮。」

「而且有好多食物！」伍迪的某個親戚接著說。

「還有好棒的禮物！」旁邊的另一個親友也隨之驚呼。

「我這輩子從來沒想過，自己居然可以近距離觀賞這麼漂亮的聖誕樹和這麼多美麗的禮物。」伍迪輕嘆了一聲。

四周再度陷入寂靜，燭光在無聲的黑夜裡發出溫暖的光芒。伍迪和他的伙伴依舊靜坐在雪地上，但是姆米一家可以強烈感覺到，這些伍迪對於聖誕樹以及樹下的美食和禮物充滿渴望。

姆米媽媽看看姆米爸爸，小聲的問：「你覺得可以讓他們享用嗎？」

「但是……」姆米爸爸有點遲疑。

「不必擔心啦！」姆米托魯小聲的對姆米爸爸說：「如果聖誕節生氣了，我們可以躲進屋子裡。只要關緊大門就會很安全，不會有事的。」

不等姆米爸爸回答，姆米托魯就轉身對伍迪說：「你們可以享用這些食物和禮物，請不要客氣！」

伍迪一開始不敢相信自己的耳朵，他小心的靠近大樹，身後跟著他的親朋好友，他們的鬍鬚因為狂喜而不停地顫動。

在今天之前，這些伍迪從來不曾吃過聖誕大餐，也沒有收過聖誕禮物。

「我們先回到屋裡去吧！那裡可能比較安全。」姆米爸爸不安的表示。

於是他們悄悄退回到陽台，再走進屋內，鎖緊門窗，一個個躲到桌子底下。

等了老半天，依舊什麼事都沒發生。

又過了一會兒，姆米才不安的走到窗戶旁往外偷看。

伍迪全都圍坐在樅樹底下，開心的吃吃喝喝，並且興高采烈的打開禮物，每個人都充滿歡樂。最後他們還爬到樹上，將燃燒中的蠟燭綁在樹枝上。

「假如這棵樅樹的頂端有顆星星，那就更完美了！」伍迪的叔叔望著樹梢說。

「是嗎？」伍迪看著樹頂上的絲綢紅玫瑰表示：「我覺得只要大家開開心心的過聖誕節，樹頂上有沒有星星都沒差別。」

「我們應該用星星代替那朵絲綢紅玫瑰啊！」姆米媽媽在屋內喃喃自語：「但是我們怎麼知道樹頂上要放星星呢？」

大夥兒抬頭望向夜空，黑漆漆的夜空顯得格外遙遠，但是在黑色的夜幕中有無數顆發亮的星星，彷彿比夏天時還要多出好幾倍。其中最大最亮的那顆星星，恰

巧在樅樹的正上方閃閃發光。

「我有點睏了。」姆米爸爸打著哈欠說：「思索聖誕節的意義實在太累人了。幸好結果還不錯，大家都平安無事。」

「至少我已經不怕聖誕節了。」姆米托魯表示：「我相信亨姆廉以及他的伯母，還有賈夫西夫人，一定都對聖誕節有什麼誤解吧？」

他們將亨姆廉的黃色手套放在陽台的欄杆上，這樣他在經過姆米家時，便能夠一眼看見。姆米一家轉身回到屋裡，趁著春天來臨之前，他們還可以好好的再睡上一覺。

故事館28

姆米谷的小寓言

Det osynliga barnet

作　　者　朵貝・楊笙（Tove Jansson）
譯　　者　李斯毅
封面設計　達　姆
責任編輯　丁　寧
校　　對　呂佳真

國際版權　吳玲緯　蔡傳宜
行　　銷　闕志勳　吳宇軒　陳欣岑
業　　務　李再星　陳紫晴　陳美燕　葉晉源
副總編輯　巫維珍
編輯總監　劉麗真
總 經 理　陳逸瑛
發 行 人　凃玉雲
出　　版　小麥田出版
10483台北市中山區民生東路二段141號5樓
電話：(02)2500-7696　傳真：(02)2500-1967
發　　行　英屬蓋曼群島商家庭傳媒股份有限公司
城邦分公司
10483台北市中山區民生東路二段141號11樓
網址：http://www.cite.com.tw
客服專線：(02)2500-7718｜2500-7719
24小時傳真專線：(02)2500-1990｜2500-1991
服務時間：週一至週五09:30-12:00｜13:30-17:00
劃撥帳號：19863813　戶名：書虫股份有限公司
讀者服務信箱：service@readingclub.com.tw
香港發行所　城邦（香港）出版集團有限公司
香港灣仔駱克道193號東超商業中心1/F
電話：852-2508-6231　傳真：852-2578-9337
馬新發行所　城邦（馬新）出版集團 Cite(M) Sdn. Bhd.
41, Jalan Radin Anum, Bandar Baru Sri Petaling,
57000 Kuala Lumpur, Malaysia.
電話：+6(03) 9056 3833　傳真：+6(03) 9057 6622
讀者服務信箱：services@cite.my
麥田部落格　http://ryefield.pixnet.net
印　　刷　前進彩藝有限公司
初　　版　2016年7月
初版五刷　2023年3月
售　　價　280元

ISBN 978-986-93214-5-7
本書若有缺頁、破損、裝訂錯誤，請寄回更換。

國家圖書館出版品預行編目資料

姆米谷的小寓言／朵貝・楊笙（Tove Jansson）著；李斯毅譯. -- 初版. -- 臺北市：小麥田出版：家庭傳媒城邦分公司發行, 2016.07
面；　公分
譯自：Det Osynliga barnet
ISBN 978-986-93214-5-7（平裝）

881.159　　105008420